自語集

汤敏 著

上海大学出版社
·上海·

图书在版编目(CIP)数据

自语集/汤敏著. -- 上海：上海大学出版社，2021.9
ISBN 978-7-5671-4334-0

Ⅰ.①自… Ⅱ.①汤… Ⅲ.①词（文学）—作品集—中国—当代 Ⅳ.①I227.8

中国版本图书馆CIP数据核字（2021）第188933号

责任编辑　刘　强
装帧设计　柯国富
技术编辑　金　鑫　钱宇坤

ZIYU JI

自语集

汤　敏　著

上海大学出版社出版发行
（上海市上大路99号　邮政编码 200444）
(http://www.shupress.cn　发行热线 021-66135112)
出版人　戴骏豪

＊

上海光扬印务有限公司印刷　各地新华书店经销
开本 890mm×1240mm 1/32　印张 6.75　字数 135千
2021年10月第1版　2021年10月第1次印刷
ISBN 978-7-5671-4334-0/I·640　定价：80.00元

版权所有　　侵权必究
如发现本书有印装质量问题请与印刷厂质量科联系
联系电话：021-61230114

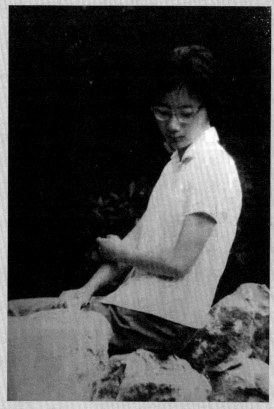

作者年轻时留影

浣溪沙·已过匆匆那一年

已过匆匆那一年，漫摇豆蔻紫毫杆。望飞蝴蝶彩云间。
月白风清青涩梦，花红柳绿女儿篇。编环斗草息如兰。

已过匆匆那一年，梦中衫袖几曾翩。疾风骤雨过檐喧。
怒海狂涛旌幅卷，哀秋残页阁窗闲。薄云淡月枕无眠。

已过匆匆那一年，薄薪微火日艰难。温馨梦笔绘家园。
蓝布寒衣棉絮暖，阳春青蒜面汤宽。寻思除夕备丰餐。

已过匆匆那一年，云浮沧海变桑田。镜中姣好换苍颜。
弱冠儿郎丰羽翼，结缘伴侣共兰船。晚晴红叶满诗笺。

周迪平　钢笔淡彩　50cm×70cm　　汤敏配词《满庭芳·茅屋也温暖》

满庭芳·茅屋也温暖

桂树摇金，月华如练，清歌醉了壶觞。半生风雨，含笑向炎凉。笔走深浓浅淡，将娟秀、绘入甜乡。蓬门里，画裏茅屋，四壁野花芳。　　词章，舒婉调，霞光苇草，雾媚山庄。守文竹芸窗，佞宋宗唐。黄尽青青岁月，粗茶隽、素味尤香。长携手，侬濡尔沫，吟句正琳琅。

以词追梦回
——汤敏女士《自语集》序

诗与词,其诞生一先一后,其形式一工一散,其内容一直一曲,其风格一庄一谐,以至于称其一男一女也不为过。确有许多人士认同词的性质总体上偏向于女性化,尤其是参差错落的句式,最宜于感性思维的表达和表现,也诚为绝大多数的女作家所惯用和多用,至于用词的婉曲,题旨的幽眇,更是不在话下。千年以来,虽因时代更迭、题材扩增以及词家个性的缘故,词常会发生向诗、赋、文靠拢甚至变异的情况,但这并不被大多数人认可为正体。可见就词而言,女性化绝非一个偶然的比喻,而是一种必然的神会,其妙在于,与历代主流词作及词论虽有关联,但非吻合,又不是那么精确,由此反而产生了某种可意会且心悦的情绪,营造出更多赏词乃至填词的心愿。必须留意的是,词的女性化仅指人的一部分性格气质与词的一般化创作思维的结合，并非指人的个体性别及倾向，也非指词的具体内容及风格，所以轻柔坚韧也好，温婉雄强也罢，均可以入词，均可以成好词，但须有散碎的意象、跳跃的思路、隐曲的意涵、唯美的样态……即女性化的感性思维所主导、所呈现的一切，是词的性情本质。如果一个人的性格气质与词的性情本质相契合，或是一辈子，或是一瞬间，都必定是与词最亲近的那个人。

汤敏女士自幼爱词，为之欣悦陶醉，但因世事蹉跎，运命延宕，直到晚年方才初试填词，十数年里有作上千，结集四册，用词将自己重新拉回了青春时代，恍若再度一生。此次又选辑部分新旧作品，再度寄托纷纭的意象与跳跃的思绪，取名"自语集"，即将付梓。书中大量词作，都能令人读出她少年、青年、中年以及现在的状态和模样，但我觉得可以四首《浣溪沙·已过匆匆那一年》为代表。从"望飞蝴蝶彩云间"到"疾风骤雨过檐喧"，从"薄薪微火日艰难"到"镜中姣好换苍颜"，再到"弱冠儿郎丰羽翼，结缘伴侣共兰船。晚晴红叶满诗笺"，何其情真意切，动人心怀。汤敏女士已届古稀之年，未免频发今昔对比的感慨。当同窗相会，"仿佛琴音传隔世，梦里谁弹"；当故地重游，"因茇修亭山叠石，临池筑榭径回筠。美人靠处忆莲薰"。汤敏女士擅以家常物品、四季风光作为自身的映照，因而描物摹景，时时如见其人，处处如在目前，而其所喜所厌，所趋所避，尽在其中。当偶见旧家具，"樟木箱，椴木箱。翻看婀娜旧日裳，风摇若粉蔷"；当又遇重阳节，"古饰戏台萌水袖，现煨糖粥唱童谣。旧人牵挂海棠糕"。晚年难免的怅惘，总被身边的鲜活物象所拂去、所代替，犹如旧池塘每因新雨的降临而现出生机。汤敏女士善于托物寄兴，其中以四季鲜花和寻常小食最多，前者有早梅晚樱、夏荷秋桂与玫瑰郁金香，后者有春卷、鸡仔饼、蟹壳黄、生煎馒头、酒酿圆子和南翔小笼，在对物的观赏和描摹中，有对人的理解和温情在，同时将自己的经历与悠长的回忆注入其中。有的白描勾勒，神清气爽，如《忆江南·绿豆汤》中句"长日夏，绿豆米仁汤""几叶薄荷香"；有的布局精巧，用词考究，如《浣溪沙·春在朱家角》中句"春树春梅春味道，酱蹄酱肘酱瓜条""捎回一盒橘红糕"；有的语境亲切，谐趣横生，如《画堂春·迎新》中句"霎那门铃响起，堂前厨下奔忙。先端莲子桂圆汤，莫忘加糖"。除了大量明确的物象和生活场景，还有不少虚幻的梦境和愁闷心情，那多是对已故亲人的思念、对逝去美好的伤感、对曾经苦痛的余悸，如《青玉案·五斗橱》中句"烟迷余悸，梦回无数，都在橱中贮"。汤敏女士晚年十分幸福，夫妻恩爱，儿孙绕膝，正如《点绛唇·檀香橄榄》中句"涩尽甘来，正似人生漫""滋味隽，读诗书案"。本集收入了许多题画词和记游词，汤敏女士的丈夫是一位画家，因此她的词作不免与丈夫的美术作品、采风写生十分有关，与他们伉俪情深密切相关。如《青玉案·每年今日》蜜月遥忆，"至今犹恋，苇花飘絮，作画题诗句"；又如《满庭芳·茅屋也温暖》银婚纪念，"黄尽青青岁月，粗茶隽，素味尤香。长携手，依濡尔沫，吟句正琳琅"，遣语雅而近人，抒情淡而弥深。

　　词的性格气质，正是人的选择。如前所述，汤敏女士既已将平生的经历与生活的况味完全与词结合了起来,那么任何零碎的记录与随意的描绘,自然无不指向其个人的性格气质。如果性格便是选择,那么选择也即性格,所以汤敏女士填词的过程,也就是两者相知相长的过程。需要补充的是,除了前述种种,在女性化的性格气质中,精神洁癖至为重要。林黛玉是至真至爱、至纯至性的人格化形象,汤敏女士最是钟爱,不仅屡次使用"潇湘"二字,还填了一阕《满江红·谁在葬花》,与林黛玉词中神会,"质本洁来何向淖,一抔净土从头约"。看电视节目《红楼梦中人》后,汤敏女士写了"大观园里起芳尘。碧玉金钗多妩媚,难效眉颦",认为黛玉乃是"仙草绛珠身,书卷为魂",当代"谁解兰芹"。从中读者不难理解汤敏女士对世俗的厌恶和嘲弄,对理想的标举与呵护。汤敏女士的词大多婉约,却也有少数雄强之作,多为受到感召而发,如《念奴娇·读东坡词〈赤壁怀古〉》等。

  词的文学属性,并非与生俱来。词本因乐而生,附曲而作,但从明代始,乐曲逐渐流失,词开始剥离,至彻底独立,成为单独文体。简而言之,千年前"倚声填词",而今是"依牌填词"。所谓的牌,大致指向文字格律,也几乎无关于音乐了。有人认为,当代填词仍应按照词牌所指的曲调来决定填词的基调,此言固然有理,但词与乐的脱节使其至多部分兑现,而且难言准确。以我之见,在词牌与乐曲分离已久、无法再度黏合的现状下,填词者既不能重现其音乐性,那唯有增益其文学性。这也是明清以降尤其是现当代人填词的主要目标和价值所在。这诚然是个大遗憾,但也是个大机遇——填词早已不是附属于音乐的二度创作,也不是所谓的诗余,而是一种女性化创作思维主导的、具有"要眇宜修"审美特征的独立文体,是当代人借古之形式、发今之情思的一种特殊的"格律诗"。

词的小众地位,当属现下为最。敦煌曲子词"有边客游子之呻吟,忠臣义士之壮语,隐君子之怡情悦志,少年学子之热望与失望以及佛子之赞颂,医生之歌诀"(王重民语),表明初时"文臣、武将、边使、番酋、侠客、医师、工匠、商贾、乐人、伎女、征夫、怨妇……无不有辞"(任二北语)。仅在千年之中,词便从民间的俚俗小调变为酒客的余兴漫写,变为艺人的弹奏歌咏,变为文士的托意寄怀,在此期间,词不断地趋于小众化,直至如今。其实宋代以后,无论与乐粘联还是与乐分离,词都已过了她的全盛期也即大众化时代。时代发展不可抗拒,社会审美难以改易,"一代有一代之文学"乃是今人不敌古人的根本原因。不过今人填词的好处在于,可以一边欣赏她最美时的画像,一边袭用她的姿态、仿制她的衣裳,尽管不能再度成为流行,但还是那么美,那样一种昔犹胜今的美。以我之见,当代填词者的主观目的及客观效果,并不是在现实中改变词在当代的小众地位,而是在意识里恢复词在古代的大众地位。其中有的致力于延续俚歌、艳曲、诗化、骚赋等某种细分化传统,但更多的是效仿词在某个阶段中的某些名家作品。一部词史,从小令到慢曲,从单纯到繁杂,从婉约到豪放,从抒发感怀到显示学养,包括以诗入词、以赋入词、以文入词等,已极尽了所有变化,好比一

自 语 集

幅完全展开了的《清明上河图》，供今人从容择取。汤敏女士所取，大致在这幅画的中段略靠前些，既摆脱了单纯的吟风弄月，又避免了繁复的铺排陈叙。汤敏女士特别钟爱易安词，多为此因。作为女性化思维的杰出代表，易安词多表现为自言自语的态征，汤敏女士为本集取名"自语集"，或为此故。从创作内驱力的角度看，这类"自语"可由易安词直接上溯到敦煌歌辞，由此可见，汤敏女士在个体的创作范畴中也实现了词从小众地位回归大众本源的效果。这与当代古体诗人继承"言志"的传统相类似，可以对等视之。

朝见花开满树，暮数星繁胜雨。好景俱当时，莫嫌迟。
花见非关花事，星数未因星止。生有梦来回，以词追。

（调寄《一痕沙》）

本集体例值得一提，乃是以龙榆生《唐宋词格律》所录的词牌为序的。以我之见，汤敏女士此举应该不是为显示习词的依据或填词的系统性，而是为明确词牌作为一种文体形式的重要性。确实，数十年的教育使当代中国人的哲学观已成为固化了的定式，比如"内容决定形式，形式对内容具有反作用"，且以这种定式去观照和对待一切事物，包括中国传统文化。然而这对中国古典艺文来说，恐怕并不是适宜和适用的。

中国古典文学从先秦诗骚到汉赋唐诗，到宋词元曲，再到明清小说，每当一个文体成熟并盛行之后，其形式往往对内容具

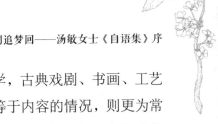

有选择、改造的决定性作用。不唯文学,古典戏剧、书画、工艺乃至建筑以形式决定内容或曰以形式等于内容的情况,则更为常见和多见了。如此表述,绝非片面突出古典艺文中形式的地位和作用,刻意忽略内容的意义与功能,而是表明,形式既可以稳定和发展内容,也可以限制和束缚内容,正因中国古典艺文的形式过于强大和稳固,当时代和社会发生巨变,旧形式便在新内容的要求下因久久难以适配而在整体上落后甚至被淘汰了。从时空总体看,中国古典艺文的形式与内容在地位上大致平等,在作用上大致对等,既互相成就,又彼此难为,当其中一方有了突破,必会带动另一方出现相应的变化,其主动或被动的地位不断发生转易,彼此缠绕、主客互换、纠结竞争、共同发展。这是十分缓慢的过程。作为当代词人,汤敏女士知晓形式对于词的意义、价值和作用,填词时注重恪守格律,结集时更以这种体例对古典艺文的研究和创作者作了提醒——若以几十年来所接受的哲学观念来对待几千年来存在的传统文化,比如将形式与内容作主次的划分,既不利于今人对古典艺文的认识和认知,又很容易出现对传统精神继承与弘扬的偏离和偏差。

胡晓军

2019 年 2 月 14 日

(作者系上海市文学艺术界联合会理论研究室主任、上海诗词学会会长)

自　序

  我喜欢填词，这是一种缘分。

  记得还在幼年，从一位长辈口中，第一次听到有"词"这种文字。那么新奇，那么优美，那么不同凡响。那是在《新民晚报》那个叫"夜光杯"的版面一角，用不同的清秀字样印出的，一块小小的，豆腐干文章。长长短短，参差叠秀，跌宕起伏，宛如美妙的歌词。"那是诗吗？"我问。那是"词"，长辈回答。从此，我时时留意这种文字，结下了与"词"的不解之缘。

  上中学时，喜欢读古诗。教科书上，更多的是五言七言诗，很少有"词"，越显得词的神秘，高远，美妙。也喜欢写散文，记得有一次学校举行作文比赛，居然得了一个好成绩，初中部第四名。那是一篇小散文。以后写散文便成了我课余的爱好。那时，在《少年文艺》《萌芽》上，也曾刊登过两篇。可能那时已种下一颗钟情于词的种子,因为直到如今,我还是觉得词与散文有异曲同工之妙——也是以抒情为主,优雅散漫,句式长短不一,寓意深浓或浅淡,最适宜表达人的情绪和心境了。

因为某些历史原因,高中毕业后,无缘进入高等学府继续深造。人生跌入低谷,我的文学梦也被彻底摧毁了。以后的几十年,为了生计,几乎无暇看书读诗。结婚生子,油盐柴米。终于熬到了退休,才有了打理属于自己心灵田园的空闲。

宋词,对于我来说,是个遥不可及的梦,是古典诗词中一抹绮丽的亮彩。我进入长宁区老干部大学从头学起,古诗词研修班引领我踏入梦境。老师讲解的第一课,贺铸的《青玉案》为我打开了一方桃园,风光无限。仔细读了贺铸的原文后,我便临摹试笔,填了一阕《青玉案·暮春》。

东风不识蓬莱路,鸟自引,缤纷处。梦里芳魂依柳驻。云浮环袂,珠眠燕户,琼枝馨如素。 惜花女子哀春暮,寻径应随笛声去,阵阵吹飞香几许。夭桃争叶,碧塘升雾,簌簌繁花雨。

这首词得到老师的嘉许,板演分析。此后一发不可收,每星期填词一阕,跌跌撞撞,乐此不疲,写了许多不类作品。三年后,自选了72首词连同43首诗合成一本集子——《秉蕳集》。

《秉蕳集》虽显稚拙,但涌动着对传统诗词的挚爱,对创

自 序

作的冲动和对生活的热忱。许多同好给予我鼓励、支持和肯定。这本集子的出现,如同响起了集结号,促使我不顾一切冲锋陷阵,写了好些诗词,但满意的不多。

我 1999 年加入上海诗词学会,之后又加入了中华诗词学会,在网上加入了中华诗词论坛,为海上清音版的版主之一。广泛的诗词交流,让我结识了好多有识之士,诗坛鸿儒。得益于诗坛的文风吹拂,学养滋润,加上我自己在这支队伍中始终坚持逆水行舟,积极进取。经年以来,略有成绩,积累了上千首诗词作品。从 2013 年起,以类分,连续编制了三本小册子:《二十四节令词》《听花词》《浣纱词》。从中获得了创作的快乐,人生的意义。

词,是和乐的歌词。这种优美的文体,带有散文的自由意念,集谐律音韵之美,格调风雅,语言圆润,清新俏丽,颇具柔婉之魅。宋词名家李清照是我心仪的词家之一,她提出"词别是一家"。她的词风,形式上善用白描手法,自辟途径,语言清丽,强调谐律,崇尚典雅,其作品在诗词姹紫嫣红的大花园中独领风骚。词坛大家李煜、姜夔、晏殊、纳兰性德等,各有风采,学之不及。

通读古人、名家的作品是一条进步的途径。在不断学习中品味,开悟词的真昧,是填词的必备修养。在这本《自语集》中,那些明显渗透了我对词的深入理解的作品大多写于后期,因为积累较多创作经验后,我对如何以词的形式来表达情绪和理念有了新的认识,作品便更具艺术化欣赏性,如《八声甘州·冬阳梦春》《满庭芳·南园品茶》《行香子·桥畔枝横》《洞仙歌·听

11

古琴曲〈仙翁操〉》。

填词之路,沿途风景无比旖旎。读不完的古代佳作,学不完的名人经典,写不完的悲欢离合,咏不完的闲情逸致。因为先前的滞怠,疏懒,学习不够,总感底气不足,老大徒伤悲了。晚霞虽红,为时恨晚。如今的填词,仅凭一腔痴情,延绵对美的追求。人生路未尽,吟意不消弭,能借文字吐露心声,终是一件快事,何况是以我喜欢的方式。人间花月未了了,漫漫笔摇作文章。

自临词之长河试水以来,小令长调,浸染无数,虽寄情墨笺,纸铺满地,怕未曾得春风十赍。然我终是不管不顾,倾吐一番,了了此生心愿。这本《自语集》所容拙词,内容涉及颇为广泛,个人生活,阅世情绪,春风秋雨,花鸟虫鱼,亲情友情,凡此种种,皆以小事做文章。乞得吟坛知友欣赏,便是幸事。

汤 敏

2019 年 1 月

目 录

平韵格

忆江南 / 3
春江水 / 3
绿豆汤 / 3
车窗外 / 3

浪淘沙 / 4
菊篱浓——呈蒋哲伦教授 / 4
杭州湾大桥 / 4
秋蝉 / 4
黛玉今何在
　　——有感于电视台《红楼梦中人》海选 / 5
乌镇蓝印布坊 / 5
新菊 / 5
樟树吟 / 6

市三女中校庆一百二十周年感赋 / 6
马年嘶一拍 / 7
相约看梅花 / 7
品橘 / 7
亨昌里——红刊的摇篮 / 8

江南春 / 9
菜花黄（题画） / 9
立春 / 9

长相思 / 10
桃林花 / 10
洞庭碧螺春 / 10
发枯黄 / 10

玉蝴蝶 / 11
红药吟 / 11
心念好风姿 / 11
晚樱若逢雨 / 11

浣溪沙 / 12
已过匆匆那一年 / 12
谢了春红 / 13
相约重阳 / 14
莞尔 / 14
菊花 / 14
春在朱家角 / 14
曹路潮音庵 / 15

目 录

郁金香 / 15
痛别谢春江先生 / 15
读《半卷斋诗词稿》感赋 / 15
上海小吃——蟹壳黄 / 16
上海小吃——生煎馒头 / 16
上海小吃——酒酿圆子 / 17
上海小吃——春卷 / 17
上海小吃——南翔小笼 / 18
港式点心——鸡仔饼 / 18
感谢 / 19
群里消息 / 19
今日小暑 / 19
古猗早春 / 20
远陌坟前 / 20
花雪 / 20
陪伴蒋哲伦老师观牡丹 / 20
念念白娘子 / 20
白牡丹 / 21
得奖《浪淘沙》 / 21
蛇蟠岛野人洞 / 22
蛇蟠岛海盗村 / 22
蛇蟠岛后岸村 / 22
蛇蟠岛紫色花园 / 22
读《来生缘》 / 22
那年墨上墙 / 23

细雨绵绵 / 23

读《阳光小屋》致圣英 / 23

闺帏约 / 24

端阳粽 / 24

酱爆茄子 / 24

重阳糕 / 24

体验邮轮之漫步长崎 / 25

体验邮轮之登济州岛 / 25

清净 / 25

细扇 / 25

金仓湖，花似海 / 25

荷花雅会 / 26

丁山归来 / 26

秋雨 / 26

嘉定纪游之友情如约 / 27

嘉定纪游之法华塔畔 / 27

嘉定纪游之文博留痕 / 27

雨巷（题画） / 27

风起云涌（题画） / 27

我在村口等你（题画） / 28

静物（题画） / 28

江南春早（题画） / 28

阳光自在（题画） / 28

东欧行——夜游多瑙河 / 29

东欧行——美哉雕塑 / 29

目录

东欧行——濒湖小镇 / 29
东欧行——布达佩斯 / 29
东欧行——维也纳金色大厅 / 29
东欧行——德式啤酒馆 / 30
东欧行——音乐之乡奥地利 / 30
东欧行——波西米亚 / 30
东欧行——巴伐利亚罗滕堡 / 30
秋霞圃观菊 / 30
嘉定竹刻馆 / 31
棕竹和三叶草 / 31
新几内亚凤仙花（题画）/ 31
念祖母 / 31
冬至夜 / 31
阵雨即景 / 32
闲坐 / 32
剪窗花 / 32
浙地采风之顾渚大唐贡茶院 / 32
浙地采风之重游小莲庄 / 32
浙地采风之嘉业藏书楼 / 33
浙地采风之下菰城遗址 / 33
篱前 / 33
金桂和银桂 / 33
森林公园赏菊 / 33
孙儿评上"阳光少年" / 34
环球港观电影《无问西东》/ 34

文艺会堂观民俗画 / 34

红花酢浆草 / 34

海棠几时妍 / 34

撷秋英 / 35

青团 / 35

端午粽子 / 35

落花 / 35

今是读书日 / 36

劳动节 / 36

榴花 / 36

云南纪游之大理古城 / 36

云南纪游之白沙壁画 / 37

云南纪游之木府风云 / 37

云南纪游之虎跳峡 / 37

云南纪游之沙溪古镇 / 37

云南纪游之苍山洱海 / 37

枫林啸咏——入社感赋 / 38

红豆 / 38

司棋的《上邪》 / 38

采桑子 / 39

荷塘清趣 / 39

栀子花 / 39

旗袍女 / 39

画堂春 / 40

腊梅吟 / 40

目 录

  牡丹（题画）/ 40

  杜鹃红 / 40

  立春了 / 41

  杏花 / 41

  水仙 / 41

  立冬茶话会

    ——记老龄大学诗词赏析班同学小聚 / 42

  迎新 / 42

  端阳叙茶 / 42

  没完成的油画 / 42

三字令 / 43

  哭鹦鹉（题画）/ 43

眼儿媚 / 44

  鹊梅图（题画）/ 44

人月圆 / 45

  蓝月亮 / 45

  中秋月饼 / 45

  裹元宵 / 45

柳梢青 / 46

  南浔游 / 46

  春分 / 46

临江仙 / 47

  梅雨偶停 / 47

咏白玉兰 / 47

樱花吟 / 47

芙蓉妃子 / 48

美人蕉 / 48

三亚印象——琼岛金滩 / 48

秋分 / 49

秋荷 / 49

梅桩红
　——读莫林大姐《还我梅魂》词选感赋 / 49

紫薇 / 50

今夜婵娟 / 50

观京剧《月光下的行走》 / 50

古猗荷风 / 51

越洋之约 / 51

蝴蝶兰随想（题画） / 52

除夕 / 52

春字歌 / 52

紫丁香 / 53

海棠花树 / 53

樱花雨 / 53

黄梅雨 / 53

听文斌郭先生朗诵 / 54

辞旧迎新 / 54

新场古镇掠影 / 54

避风塘吟友聚会 / 55

目录

七夕 / 55

大剧院听评弹《繁花》 / 55

黄睡莲（题画） / 56

藕香入梦浓 / 56

丁酉岁暮诗酒会友 / 56

古籍书店喜见《渊雅堂全集》 / 56

女神节日 / 57

茶花如女 / 57

浅滩（题画） / 57

鹧鸪天 / 58

读《十友吟》 / 58

春唤 / 58

对饮 / 58

白兰花 / 58

端午神话 / 59

小雪 / 59

银柳疏梅 / 59

清明 / 59

梅干菜烧肉 / 60

紫藤 / 60

中秋桂子 / 60

南翔檀园 / 60

银杏叶儿黄 / 61

真丝围巾 / 61

落樱 / 61

贺诗友乔迁聚会 / 62

飘雪 / 62

笛音缭绕《鹧鸪飞》
　——悼念陆春龄大师 / 62

红楼印象 / 63

梦里樱 / 63

小重山 / 64

残叶 / 64

皇城根火锅店 / 64

己亥初雪 / 64

一剪梅 / 65

腊梅 / 65

叹香菱 / 65

贺《上海当代女子诗词选》出版 / 65

赠雁声 / 66

观戏《孔雀东南飞》 / 66

白露 / 67

鸡年初笔 / 67

惠南古钟园 / 67

寄思中秋 / 68

同窗相聚 / 68

喝火令 / 69

七夕 / 69

寄韵 / 69

目 录

含羞草 / 69

听萼心曲 / 70

广西游之德天大瀑布 / 70

广西游之通灵大峡谷 / 70

广西游之涠洲岛 / 71

广西游之北海银滩 / 71

广西游之红树林 / 71

广西游之北海老街 / 72

行香子 / 73

南柯未醒 / 73

桥畔枝横 / 73

风入松 / 74

奉九十仙龄莫林大姐原玉酬韵 / 74

听琴大雅堂 / 74

满庭芳 / 75

茅屋也温暖（题画）/ 75

健儿大婚 / 75

繁华九九 / 76

中国梦 / 76

《漱玉词》读后 / 77

贺上海老龄大学建校二十五周年 / 77

枫叶浓时
　　——庆贺枫林诗社成立三十周年 / 78

悟空说 / 78

11

南园品茶 / 79

贺衍亮陈先生宏业开张志禧 / 79

平安夜 / 80

长夏望雨 / 80

上海国际舞蹈中心观舞 / 80

舞蹈《满庭芳》 / 81

贺"尚诗苑"沙龙揭幕 / 81

贺《苏韵同芳》出版呈韵石庄先生 / 82

水调歌头 / 83

斑竹传 / 83

湘西行——烟雨凤凰 / 83

八声甘州 / 84

青靥本无愁 / 84

菱花镜 / 84

去东欧机上 / 85

苑林步雨 / 85

大雨泱泱 / 86

苏州河盘湾取景 / 86

冬阳梦春 / 87

观越剧《甄嬛传》 / 87

望海潮 / 88

外滩漫步 / 88

目 录

沁园春 / 89
  秋 / 89

仄韵格

如梦令 / 93
  湘妃竹 / 93
  牡丹 / 93
  雨水 / 93
  腊梅 / 93
  正月梅花 / 94
  绿堆红积 / 94
  炒春韭 / 94
  茶菊 / 94

天仙子 / 95
  雪 / 95
  水仙 / 95
  白牡丹 / 95

醉花间 / 96
  茶话桂树林 / 96
  泡桐树开花了 / 96
  腊梅花前 / 96
  西府海棠 / 96
  清明雨 / 97

重阳 / 97

油菜花 / 97

拖鞋兰 / 97

花是那年浓 / 98

蟹爪兰 / 98

花朝已春半 / 98

木本海棠 / 99

石蒜 / 99

点绛唇 / 100

檀香橄榄 / 100

小暑 / 100

一点凝红寄夏荷 / 100

水蜜桃 / 101

霜菊 / 101

采樱桃 / 101

霜天晓角 / 102

采芦 / 102

霜降 / 102

寒露 / 102

冬至 / 103

晚菊 / 103

野草（题画） / 103

卜算子 / 104

登上海环球中心 / 104

目 录

银杏树 / 104

杭白菊 / 104

自叹 / 105

咏兰 / 105

丁酉中秋 / 105

扫墓有感 / 106

三寸金莲 / 106

感冒 / 106

忆秦娥 / 107

黛玉焚稿 / 107

声如钟 / 107

听歌《暗香》 / 108

山茶花 / 108

烛影摇红 / 109

夜梦 / 109

醉花阴 / 110

桂花 / 110

夏日最后的玫瑰（题画） / 110

近海农家乐 / 111

轻愁无端种 / 111

木兰花 / 112

呈李忠利先生 / 112

鹊桥仙 / 113

绮云绕月 / 113

凤仙花 / 113

七夕银河 / 114

乞巧 / 114

踏莎行 / 115

六月雪 / 115

雪萤 / 115

大寒 / 115

秋海棠 / 116

浓杏枝摇 / 116

花是山里好 / 116

母校市三女中一百二十五周年庆 / 117

家（题画）/ 117

折红英 / 118

雨后桂 / 118

铁线篆——纪念高式熊老 / 118

蝶恋花 / 119

雨后寻桂 / 119

重阳 / 119

簪菊拈兰同到老 / 119

断桥遗梦（题画）/ 120

蝴蝶湾看花翅乱 / 120

记得那时梅 / 120

琼花树下（题画）/ 120

访黄润苏教授 / 121

目 录

芦荡飞花（题画） / 121

端午故事 / 121

荷影 / 121

露从今夜白 / 122

怜菊 / 122

绣球花树 / 122

再写蝴蝶兰 / 122

垂丝海棠 / 123

辞旧迎新 / 123

洁白瓶花（题画） / 123

橙色蟹爪兰（题画） / 124

蝴蝶酥 / 124

苏幕遮 / 125

清明祭祖母 / 125

立秋 / 125

处暑 / 125

清明 / 126

牡丹思绪 / 126

紫砂壶 / 126

秋风 / 127

秋雨 / 127

山里秋深（题画） / 127

十月芙蓉 / 128

锦溪陈妃冢 / 128

霜降 / 128

  度重阳 / 129

  小寒蜡梅 / 129

  味道（题画）/ 129

  岭上人家（题画）/ 130

  春风结香 / 130

  邂逅木香 / 130

  开到荼蘼花事了 / 131

  蔷薇 / 131

  今天是夫妻日 / 132

  秋意 / 132

解佩令 / 133

  看《西厢》尘埃落定 / 133

青玉案 / 134

  千灯行 / 134

  暮春 / 134

  元宵感怀 / 134

  秋林 / 135

  悼广醴女史 / 135

  纪念杜甫 / 135

  再写西泠 / 136

  飞霞夕照 / 136

  ——读丽波居士宋连庠先生著作
   《夕照飞霞》后感 / 136

  端午绣香囊 / 137

  朱家角有处和心园 / 137

目 录

朝如青丝暮成雪 / 137

桃林路 / 138

参观电影博览馆 / 138

海关钟楼 / 138

观俄罗斯芭蕾舞剧《胡桃夹子》 / 139

读四行仓库历史 / 139

愚园路 / 139

五斗橱 / 140

安度重阳 / 140

深秋 / 140

晚秋枫树 / 141

立冬天气 / 141

飘然落叶 / 141

丙申除夕 / 142

踏春 / 142

宝哥哥走了
　　——悼念越剧先辈徐玉兰先生 / 142

呈蒋哲伦教授 / 143

端午思绪 / 143

梅子黄时雨 / 143

北地王哭祖庙 / 144

青花梅瓶 / 144

每年今日 / 145

秋声 / 145

观河北梆子《勘玉钏》 / 146

粉蝶儿 / 147
    昨日春桃 / 147

祝英台近 / 148
    梁祝蝶缘 / 148

洞仙歌 / 149
    听古琴曲《仙翁操》 / 149

惜红衣 / 150
    残荷 / 150
    电影《芳华》观后联想 / 150

满江红 / 151
    谁在葬花 / 151

醉蓬莱 / 152
    张家界天门山玻璃栈道 / 152

暗香 / 153
    怜菊 / 153

念奴娇 / 154
    读东坡词《赤壁怀古》 / 154
    琼花思绪 / 154

平仄韵转换格

调笑令 / 157
    三月 / 157

目 录

　　荷叶 / 157
　　休笑 / 157
菩萨蛮 / 158
　　参观民防普及教育馆 / 158
　　庆端阳 / 158
　　大暑 / 158
　　绣球花 / 159
　　香榧林 / 159
　　初夏 / 159
清平乐 / 160
　　读《闲云集》 / 160
　　春风 / 160
虞美人 / 161
　　听邱瑞平教授讲《红楼梦》 / 161
　　读朱淑真 / 161
　　同贺《枫林诗话》出版 / 162
　　疏疏春雨 / 162
　　莫须愁 / 162
　　落叶 / 163
　　蒲公英 / 163
　　听评弹开篇 / 163
　　虞兮虞兮 / 164

21

溲疏 / 164

白鹃梅 / 164

平仄韵通叶格

西江月 / 167

元春 / 167

迎春 / 167

探春 / 167

惜春 / 168

大花蕙兰 / 168

樱花 / 168

悼顾汉松教授 / 168

平仄韵错叶格

相见欢 / 171

读《枫林绝句集》 / 171

闺友文英邀约府宴 / 171

定风波 / 172

拿破仑特展 / 172

德天大瀑布 / 172

后记 / 173

平韵格

忆江南

春江水

春江水,有女浣溪纱。珠溅清泠洇素袖,雁行云影送清笳,吹柳一枝斜。

绿豆汤

长日夏,绿豆米仁汤。半勺翠珠阴目赤,一盅春水透心凉,几叶薄荷香。

车窗外

车窗外,雨水带春来。扑面朦胧犹展画,观灯迢递正开怀,今夜醉长街。

自语集

浪淘沙

菊篱浓——呈蒋哲伦教授

几处菊篱浓,吟遍秋风。慢词散曲总朦胧。会共一江春水意,去也从容?　八载幸师从,惠教清衷。聆音依旧海棠红。记取横塘梅子路,别样繁秾。

杭州湾大桥

夏月火红榴,盛暑偕游。霓虹跨海赛飞舟。半日乡音徐入耳,天际桥浮。　未及转回眸,栏彩如流。碧湾玉带媚杭州。缬锦人间赢织女,七巧今尤。

秋　蝉

碧树绕蝉音,浅送深吟。缁衣褪去正伤心。颤翼支离歌破碎,风破寒襟。　已竭泪涔涔,断了弦琴。此情分付在萧林。梦里泠泠惊叶坠,一地黄衾。

　　注:听社科院沈习康老师授课,说"蝉"累篇。学生也呈功课一篇。

浪淘沙

黛玉今何在
——有感于电视台《红楼梦中人》海选

遍觅梦中人,步有香痕。大观园里起芳尘。碧玉金钗多妩媚,难效眉颦。　仙草绛珠身,书卷为魂。娇羞默默海棠盆。花落几时风哭泣,谁解兰芹?

乌镇蓝印布坊

桥底水潺潺,柳叶姗姗。踏游古镇兴如澜。问说可将春印染,一巷人欢。　西栅旧云竿,蓝旌飞悬。东风醉揽九天幡。碧泻梨花千尺瀑,天上人间。

新 菊

篱畔有娇黄,染遍回廊。这厢秋色胜春光。羞与粉蔷争妩媚,谁是新娘。　隽雅满花床,浓淡分香。最怜一抹懒梳妆。愿为刘郎匀素面,敷了清霜。

樟树吟

绿树换新袍,枝叶扶摇。春风为汝绾青髯。碧笼翠云簪玉蝶,别样妖娆。 梦里有琼箫,尽数华韶。秋来寒色满枫桥。香木凌霜犹细咏,明月姣姣。

市三女中校庆一百二十周年感赋

秋树正斑斓,赞了华年。校园吉日凤鸾喧。嬉笑依然同桌絮,一队婵媛。 银杏聚金钿,绿草芳绵。礼堂流彩舞衣翩。仿佛琴音传隔世,梦里谁弹?

秋树恁斑斓,你我齐肩。犹寻对面旧容颜。耳鬓清泠书语隽,记忆如穿。 骇浪泼天掀,几没人寰。桑田沧海涅槃般。青涩易黄花褪尽,夕照云烟。

注:母校吉庆,八方人脉。年过半百,青春不再。青丝白发,何须感慨。同窗记忆,续缘重来。

浪淘沙

马年嘶一拍

灯彩尽飞金,星月西沉。门前花树浅还深。神马轻蹄载福过,如点钢琴。 弹足有佳音,鸣响新箴。红鬃汗血梦中寻。踏燕追云嘶一拍,义薄尘襟。

相约看梅花

相约看梅花,心有春霞。一冬风雨湿枝丫。晴雾阴霾遮妩媚,如幔如纱。 君若想梅花,记取韶华。那时冰雪压蒹葭。魂断玉箫吹破卷,谁拍红牙。

品 橘

桐叶尽吹黄,秋满西窗。一盘新橘带阳光。壶泡花茶浓艳色,瓶菊妍装。 囊裂溢奇香,间指流芳。慌忙一瓣迸琼浆。仙气神清齐入化,甘醴游肠。

亨昌里——红刊的摇篮

桐叶掩灯窗,旧里亨昌。风雷激荡阅沧桑。一卷红刊醒万众,油墨弥香。　白雾伏街坊,暗袭门廊。求真勇士笔为枪。天地换新凭血沃,爱我炎黄。

  注:我的老屋在上海愚园路亨昌里。亨昌里是一片新式石库门住宅。建于1925年,由当时先施、永安两大公司合资兴建。全弄堂住宅共25幢,供公司高级职员居住。1927年10月,中共中央常委会决议,在上海创办党中央机关刊物《布尔塞维克》,由瞿秋白、罗亦农、邓中夏、王若飞、郑超麟五人组成编辑委员会。编辑部设在该弄48号(今34号)。2010年12月,上海市长宁区人民政府将其列为上海市文物保护单位。

江南春

菜花黄（题画）

春野醉，菜花黄。金波腾碧海，风送翠泥香。骄阳原是天堂客，偏向人间寻梦床。

田垅醉，菜花黄。丛丛皆灿烂，拈粉蝶儿忙。谁持明艳风流笔，涂抹斑斓如菊裳。

注：为良人获奖水彩画《阳光雨露》题词。

立 春

初令雨，湿梅枝。花芽犹却却，微展露端倪。无暇留意东君步，回暖春风更嫁衣。

初令雨，润芳泥。青苗疑耸耸，融冻醉新醅。虔心留意东君步，何日春红映满扉。

自语集

长相思

桃林花

桃林花,桃林花。一路春风摇绛纱。粉红化彩霞。

桃林花,桃林花。观客如云移树丫,喜看初绿芽。

洞庭碧螺春

东山春,西山春,隐在山中茶树薰。初芽银绿纹。

离俗尘,遁俗尘。舒卷螺衣浴梦魂,氤氲盅水温。

发枯黄

发枯黄,脸枯黄。漫说春花落一场,寻她几日香?

樟木箱,椴木箱。翻看婀娜旧日裳,风摇若粉蔷。

玉蝴蝶

红药吟

谁家枝瘦葩肥,红叠贵妃衣。似醉绰风姿,年年吐蕊迟。
妖娆非国色,趑趄惹痴迷。霞赧笑腰低,靥深蝴蝶知。

心念好风姿

谁知轻惹霾魑,长夜咳难支。暑日养清怡,浮汤捋豆衣。
梳妆身未动,屏里话古猗。心念好风姿,醉荷移绿池。

晚樱若逢雨

春花春月春风,怡景总匆匆。贪踵失芳从,垂枝嫩粉红。
晴光留巧笑,听鸟絮呢哝。明日雨重重,坠香留梦中。

自语集

浣溪沙

已过匆匆那一年

已过匆匆那一年,漫摇豆蔻紫毫杆。望飞蝴蝶彩云间。
月白风清青涩梦,花红柳绿女儿篇。编环斗草息如兰。

已过匆匆那一年,梦中衫袖几曾翩。疾风骤雨过檐喧。
怒海狂涛旌幅卷,哀秋残页阁窗闲。薄云淡月枕无眠。

已过匆匆那一年,薄薪微火日艰难。温馨梦笔绘家园。
蓝布寒衣棉絮暖,阳春青蒜面汤宽。寻思除夕备丰餐。

已过匆匆那一年,云浮沧海变桑田。镜中姣好换苍颜。
弱冠儿郎丰羽翼,结缘伴侣共兰船。晚晴红叶满诗笺。

浣溪沙

谢了春红

　　幼时寄居乌镇亲戚家,与邻家女儿久成玩伴。花裙,绣品,青靥,记忆常新。有年未见,重访旧门庭,闻听早已远嫁,家人尽散,篱疏叶飞,杳无音讯。花谢春红,心有隐痛,小词念之。

谢了春红失了魂,相思鸟语说红尘。流芬樟叶落新晨。
茶肆招红苔石路,梅窗透绿木墙门。伊人约约茜榴裙。

约约阶前花缀裙,蘋风蛱蝶越墙门。去看戏柳野鹌鹑。
采荠泥沙沾湿履,回眸笑靥隔纷尘。春红谢了怎留魂。

已谢春红已失魂,昏昏梦里滚烟尘。依稀绣指啻香痕。
穿线竹绷仍似旧,夹书花样覆如新。空留碧色旧墙门。

巷里槐花落紫薰,篱笆疏落雾吹门。春红谢了叶纷纷。
红帐绿簪人易嫁,梅花绣帕泪犹温。无猜岁月梦留痕。

相约重阳

相约重阳踏锦郊，高枝蝉闹浅塘桥。新知菰白与红蓼。
古饰戏台萌水袖，现煨糖粥唱童谣。旧人牵挂海棠糕。

莞 尔

缘定今生四十年，翻看黑白写真篇。那时青鬑印娥颜。
满觉陇行金桂雨，西湖柳拂碧秋莲。回眸莞尔笑纹添。

  注：满觉陇，杭城著名景点。坊传结缘四十年为红宝石婚，记题。

菊 花

霜降黄篱落木萧，一篱粉瓣醉琼瑶。谁家清丽入新描。
拈管吹花风影旧，调丝嚼蕊曲音遥。留香几日问秋娇。

春在朱家角

古镇悄然发柳梢，绿龟红鲫放生桥。艄公漫桨划逍遥。
粽米栗仁香十里，菜篮竹篾剔千条。春风二月扎绢鹞。

傍水酒家杏旆招，临窗遥望放生桥。炝锅隔灶荠香撩。
春树春梅春味道，酱蹄酱肘酱瓜条。捎回一盒橘红糕。

浣溪沙

曹路潮音庵

萋草云房四百年,潮音悠远木鱼蟠。清泠世界佛无边。
问槛堂前衣静肃,虔香花畔树听禅。休惊师太谒莲坛。

郁金香

绿草园林旖旎乡,春思如酒郁金香。摇风换盏醉相撞。
异域舶来花贵裔,神州种得粉铃铛。东君好个梦眠床。

痛别谢春江先生

连日黄梅雨湿庭,留君不住鹤催行。清音海上汇潮声。
一卷牵情红豆咏,万般思辨士林旌。今邀太白击吟觥。

读《半卷斋诗词稿》感赋

雅帧修言半卷斋,清风逸谷锦云阶。已将苦涩用心裁。
雷响津门平万籁,波回海上涌千排。霜蓬寒露尽诗怀。

上海小吃——蟹壳黄

渐起西风蟹脚慌,销魂揉挤梦犹狂。投生炉饼壳金黄。
公子无肠留盾甲,将军失足愈风光。芝麻点得面皮香。

注:蟹壳黄,上海知名小吃。杯口大小的烤饼,外脆里绵,色泽金黄,白糖裹心,芝麻点香,旧上海茶肆老虎灶旁,常附有饼炉烘烤、煎制些点心,供茶客当茶食、早点,如蟹壳黄、生煎馒头等。

上海小吃——生煎馒头

熙攘摊前队伍长,葱花纷撒水油铛。恰时掀盖半街香。
最爱那层黄脆底,犹欢这味雪肥囊。清晨一碟暖饥肠。

注:生煎馒头,生发面做成小包子,即入平底锅,用油煎熟。白白胖胖,小巧玲珑,底焦黄,肉馅香。上海人喜爱的早点。

浣溪沙

上海小吃——酒酿圆子

一碗珍珠白玉羹，西施梦里浣纱行。江风醉了桂花声。散落瑶池千斛蜜，来调玉勺万般馨。清甜欲罢未能停。

  注：酒酿圆子，上海人常在宴酣时上的一道甜点，以其柔情蜜意的特点，深受女士们的青睐。洁白如雪、珍珠般的小圆子，软糯可口；游荡在羹汤里、碎玉般的酒酿江米，醉人心脾。舀上一勺，甜美幸福感油然而生。

上海小吃——春卷

湿面柔团绕掌旋，雪衣飞帛薄如宣。田家荤素会三鲜。脆卷焕妆牵指动，涅槃包裹响油煎。欢天喜地唱春天。

  注：春卷，上海大街小巷常见的点心。一团湿面在制面皮人手中旋转不止，落入热铛上，霎那间，一张白如雪、薄如宣的春卷皮子便成了。将切成丝状的蔬菜和肉丝调味上浆烩熟为馅料，卷入面皮成长条包裹，入油煎炸而成。春卷以其外皮黄脆、入口鲜香的特点，深受大众喜爱。春节临近的时候，家宴上买回皮子自制春卷，可讨迎春口彩。

上海小吃——南翔小笼

古镇小笼饶有名,闻香白鹤舞娉婷。玲珑偏锁独家赢。翘指拈来裙褶叠,拢芳卧席沸云蒸。阳光滋味满华亭。

  注:南翔小笼,起源于上海嘉定南翔,千年古镇百年滋味,有白鹤传说。小笼包竹笼蒸点,皮薄透亮,精致美味。轻轻咬破,春光乍涌。如今上海处处有南翔小笼,冠以"真"名,真假李逵,尝罢方辨耳。

港式点心——鸡仔饼

紫缎结枚蝴蝶兰,矜奢纸盒纳消闲。少时滋味暮时缘。鸣酉黄鸡生凤卵,焙炉细饼抱圆团。噙香游颊福留咽。

  注:鸡仔饼,又称小凤饼。南方地区著名细点,近日友人从香港带回一盒,包装精美,打开又见娇小可爱,异香扑鼻。虽嚼之幸福,却寻不回少时滋味了。

浣溪沙

感 谢

老年大学水彩油画班八十位同学为周迪平七十五岁庆生。感赋。

华发霜眉皱褶添,古稀虚度又持年。续缘桃李种桑田。
水色云天无尽意,杏花楼府感群贤。善舞纤毫正斑斓。

群里消息

市三女中57—(3)班旅美老同学沈美瑜将回沪。"夕照同窗"群发消息,将欢聚于愚园路发发酒家。感赋。

牵起古稀微信群,几时相约踏樱尘。先行聚会话纯真。
同学依然如美玉,诗经永远读伊人。芸窗夕照暖新春。

微信云间送鹏音,隔洋挚友倍牵襟。同窗珍惜少年心。
淑女蹉跎修美誉,欢筵商榷议至今。一杯水酒满情斟。

今日小暑

润雨海棠蕉叶明,枝茸滴水翠华擎。纱裙绢伞丽人行。
未展蝉歌消暑溽,传香瓜果惹青蝇。半盅百合啖清泠。

自语集

古猗早春

日暖风轻会古猗,依依修竹立春时。一行花径一行诗。
翘角风亭分韵约,青瓷茶碗抹香吹。氤氲如梦那时痴。

远陌坟前

远陌坟前遇腊梅,纷纷落落已成堆。春风何苦又吹飞。
隔夜生寒山外雨,遗香和泪冢间泥。两厢松柏碧青衣。

花 雪

风过枝头皓雪摇,春思飘落翠林梢。花魂散去怕听箫。
半世情牵云树挂,三生石上孽缘销。纷纷此物更妖娆。

陪伴蒋哲伦老师观牡丹

曾记那年挽臂游,聆音释悟牡丹稠。春风锦月溢光流。
留影花间红一袭,新萌叶角绿千投。杏坛声韵至今柔。

念念白娘子

暮色青山薄九霄,烟岚缭绕覆纱袍。雷峰塔过雁声遥。
仙俗缘牵天地误,钱塘波涌镇江潮。舟逢合伞梦中姣。

浣溪沙

白牡丹

翠苑修枝蝴蝶棲，洛阳一觉乃迷离。来寻千里雪绸衣。

富贵皆言花气质，明妍只在草蓬藜。妆容浅淡自知仪。

得奖《浪淘沙》

今唱红刊举翠华，小词寄调浪淘沙。诗歌盛会正飞霞。

那里梧桐常茂盛，这厢老屋比琅琊。亨昌里弄又传嘉。

注：2016年余因小词《浪淘沙·红刊的摇篮》获上海市市民文化节古诗词百强选手入围奖。

蛇蟠岛野人洞

巨石嶙峋洞壁寒,水天昏色近蛇蟠。曾经海盗挂归幡。
充耳拾闻钢杵震,千年遗落石狮槃。当年故事泛波澜。

蛇蟠岛海盗村

威武起锚迎朔风,枭雄山海会盟盅。浮槎有道踏横纵。
啸浪问天终是泪,喧堂聚义已成空。渔光一曲水升虹。

蛇蟠岛后岸村

烟袅云岚水袖般,清河后岸翠屏山。木栏塘叶比青肩。
热灶农家蒸黑米,凉溪鲤影泛花斑。闲风吹得袂如仙。

蛇蟠岛紫色花园

那片升腾紫气寒,蛇蟠岛上猎奇观。心疑许是洞天烟。
风动涟漪思瀚海,花摇旖旎入吟篇。旧船苇草想青莲。

读《来生缘》

明月楼头长恨歌,伤心共枕柳青河。可曾夜梦杏婆娑。
记得惊鸿曾一瞥,而今惆怅已千箩。来生莫忘娶青娥。

浣溪沙

那年墨上墙

记得那年爬上墙,天天语录墨琳琅。钧毫湿透纸糊窗。

几度豪情通浩瀚,半张隶帖效苍黄。红书抄罢似铿锵。

细雨绵绵

细雨绵绵思绪缠,入怀纤柔暖婵娟。今朝恩泽有奇缘。

天水几曾明浊目,诗书尤知唤灵泉。游丝千万沐心田。

读《阳光小屋》致圣英

半世风云烟雨稠,温馨故事在心头。茸茸一队小黄球。

莫遗莫忘贤伉俪,不离不弃惠绸缪。阳光小屋永淹留。

注:市三女中老同学谷子(圣英),几十年前,大潮流下,赴新疆支农。与怡伟沈先生(作家)缘结鸾俦,不离不弃,兢兢业业,献身边疆教育事业。沈先生的散文《阳光小屋》,温馨浪漫,读来感人。把阳光带进当时简陋的婚房小屋,带进艰苦年代的生活。年华老去,精神不倒。赢得学生的爱戴,迎来桃李缤纷的丰收。一抹阳光永远留在心头。

闺帷约

烂漫春风柳絮稠,旋涡卷起若蜉蝣。牡丹亭畔舞衣柔。
粉月娇娇争接踵,饥肠辘辘为筹谋。龙之梦汇百家瓯。

繁茂堂陈繁茂侪,避风塘泊避风舟。广东腊味惹青眸。
煎饺玲珑香菜碟,炒虾鲜嫩醉椒油。闺帷姐妹喋无休。

端阳粽

艾叶菖蒲依旧悬,香移黍米箬青间。添些豆瓣入缠绵。
麻线几番经纬道,腌鲜三味楚湘箪。端阳未忘祭神坛。

酱爆茄子

篮里瓜蔬碧色娇,紫皮茄子恁苗条。蒜泥甜酱烩佳肴。
稍滴麻油焖软糯,休停锅铲怕黏焦。红楼梦里味珍庖。

重阳糕

双耳夔炉续炷香,菊瓶晶水泛荧光。点心一盒俏包装。
膝下承欢仪尽孝,堂前敬老礼如常。松糕甜蜜庆重阳。

浣溪沙

体验邮轮之漫步长崎

未忘蘑菇云散烟,平和种得百花妍。绿茵草地竖沉垣。
百步华人街探访,千元日式面当餐。骨汤味是汉唐源。

体验邮轮之登济州岛

是日狂风暴雨喧,济州秀岛洗青颜。悬崖龙首啸长天。
隔世微雨润草屋,依然勤妇纺絮棉。自然馆里筑奇观。

清　净

此去春魂无处追,浓樟盛夏看仙姿。萧萧纷落是芳菲。
花径千回留梦境,书房一日读幽词。唯闻清净秒针移。

细　扇

秀骨竹丝扶雪绢,俏裁明月半边弯。细风流过淡眉前。
描隶题书吟燕语,添香湿墨染兰蔺。清凉自在慢摇间。

金仓湖,花似海

桑满沙溪立夏初,金仓翠色一泓湖。岸边那片粉云浮。
天地和缘花似海,溟濛未约梦中姝。香风卧草若翻书。

荷花雅会

暑溽蒸人六月天,耆龄诗友恋吟坛。荷花珠玉醉华年。
慢品佳肴平仄味,高吟香蕊淡浓篇。清凉自在素怀间。

丁山归来

景秀壶庄看范家,紫泥窑变梦成花。陶都云集汇清嘉。
咏得丁山昭荟萃,掬来寒玉写蒹葭。红霞醉缶煮青芽。

注:应征《苏幕遮·紫砂壶》一阕,偶得优胜奖,捧得红状回家,焙壶青芽,齿颊留香。

秋 雨

泡沫咖啡可懂诗?康桥离绪写柔思。悲欢一样梦中痴。
秋雨如何未了断?雾云原本爱生滋。丝丝缕缕点灵犀。

浣溪沙

嘉定纪游之友情如约

暑伏欺人似火烧,倩谁借扇悟空摇。友情如约架心桥。
地铁载春期雅聚,嚠城集萃筑凉巢。冰啤气泡兴随高。

嘉定纪游之法华塔畔

烈日无云尽碧空,嘉城文笔现峨容。法华塔畔纪双雄。
明志髯公浓老树,外交耆宿亮乌瞳。轩堂荫荫远闻钟。

嘉定纪游之文博留痕

文博留痕典雅家,古城悠曲动秋霞。回栏瘦石绕湖斜。
木杼玲珑成土布,铜炉精致伏夔蛇。徜徉集萃享幽遐。

雨 巷(题画)

千里梦回因有缘,江南小巷雨姗姗。一帘藤蔓湿墙沿。
石板弹珠烟缥缈,弦胡续旧调缠绵。薄绡伞下去留连。

风起云涌(题画)

移动冰山化雪莲,碧穹似海浪花喧。白衣苍狗幻成烟。
万里听风凭忽哨,千乘驱马倒银幡。纷纷吹散复蓝天。

自语集

我在村口等你（题画）

原上骄黄秋意稠，艳阳瓦草暖淹留。槐花村口歇牵牛。

碧树簪花宜景在，泥土盘坳绕泉流。春山秋水永无休。

静物（题画）

溶浸深蓝秋夜澄，果篮精致水凝晶。月光银盏击叮铃。

隐彩折光偏夺目，灵工巧设悄无声。冰凌境地似嘤鸣。

江南春早（题画）

二月新巢鸟语探，啥时翡翠落江南。桑枝摇绿待春蚕。

隔院阿婆刨嫩荠，邻家小妹挽青篮。母鸡换了碎花衫。

阳光自在（题画）

村口路边乌石青，槐花一地落无声。远山近水绘晴明。

树木盘藤桥块岸，人家傍水柳枝莺。阳光自在泛清凌。

浣溪沙

东欧行——夜游多瑙河

波泛游船咏意浓,流金两岸走迷宫。琉璃珠翠落江中。

蓝色迷人圆舞曲,红玫漾酒水晶舣。丽姬桥下忆娇容。

东欧行——美哉雕塑

瑰伟玲珑处处煌,先神故事揽春光。绿铜隽雅玉癫狂。

传世功勋昭日月,百年沉寂抹苍黄。一时阵雨泪琳琅。

东欧行——濒湖小镇

山色溟濛水色莹,树争浓蘖草争萌。濒湖小镇比瑶琼。

原木阳台童话梦,繁花巷口旧琴鸣。酒红醉了透晶瓶。

东欧行——布达佩斯

声动玫瑰涌爱波,娇容款款揭纱罗。绿丘遥望秀城挪。

古典风呈嘉丽景,渔人堡垒富翁窝。滩头悠荡白天鹅。

东欧行——维也纳金色大厅

岁岁迎春万籁鸣,荧屏交响旧年更。几番梦里谒金闳。

牧野音踪旋画壁,排云弦瀑落冰泓。心犹震震御天庭。

29

东欧行——德式啤酒馆

擎手黑醪泡沫飞,酸瓜土豆烤香蹄。长条桌上渐迷离。
顿足放歌凭醉意,欢情对面激盈杯。六弦琴送媚阳西。

东欧行——音乐之乡奥地利

许是晴空幻妙颜,又因湖水照青山。诗般旋律涌心田。
兰草坡前音典雅,天鹅湖畔乐悠闲。咖啡浓郁醉丝弦。

东欧行——波西米亚

天降神工造物乡,琉璃华彩摄魂光。太阳月亮聚一方。
四海沸扬求此粹,双踝凝伫迈何僵。捧回梦里萃花缸。

东欧行——巴伐利亚罗滕堡

幽静石街雅趣生,玲珑铺市灿如星。粉蔷花在木窗棂。
古堡影留中世纪,风情入幻绿萝藤。云翎过塔彩霞升。

秋霞圃观菊

毓秀亭前揭雾纱,冷香沁色识秋霞。玲珑石畔竹风斜。
翠拢玉簪堆凤藻,露凝清气比蒹葭。淹留吟句醉新葩。

浣溪沙

嘉定竹刻馆

许是潇湘落翠魂,天工镌意有诗痕。精雕臂搁驻云雯。
镂刻水盂弥蕴藉,篆文笔筒散氤氲。心忧巧匠失传人。

棕竹和三叶草

暖阁烹壶袅茗烟,漫提花洒泻成帘。瓦盆偏种绿茵蘩。
棕竹傍依三叶草,紫葩皈系一宗缘。青萝窗下报平安。

新几内亚凤仙花(题画)

异域新裁别样妆,绿偷桃叶粉欺棠。暖风铺垫绣花床。
记得染成红豆蔻,何时披上黑皮囊?凤仙经历自沧桑。

念祖母

老旧藤箱独自惜,长眠花镜十开金。当年祖母授银箴。
打络殷殷盘钮结,纫针切切纳棉衾。每逢忌日泪沾襟。

冬至夜

冷雨敲窗天色昏,坊传冬至梦言真。今宵彼岸托三魂。
迷雾飘离云水界,故人收未雪花银?醒来泪湿枕边巾。

自语集

阵雨即景

雨虐风狂天幕斜，树摇枝折卷飞沙。燕惊鸦落觅归家。
初霁蝉鸣惊草蝈，浅塘鱼乐溅珠花。潮红湿绿见霓霞。

   注：此阕入选《上海当代女子诗词选》。

闲 坐

雾织霾纱户外濛，去年绿浦柳丝浓。梦移桃树著花红。
旧赋长含兰蕙气，新词未入竹林风。闲吹浮叶绕茶盅。

剪窗花

红纸宜方剪海棠，吉祥花样贴西窗。眠书伏案有余香。
裁柳殷勤分紫燕，采薇细致到田桑。难分俗雅入兰房。

浙地采风之顾渚大唐贡茶院

青竹山庄亭枕流，忘归迟步过风楼。温壶紫笋透清幽。
观雨滂沱留雅客，煮云缥缈润冷喉。嗑香瓜子话茶猷。

浙地采风之重游小莲庄

车驻南浔人驻春，荷塘十亩涨青蘋。紫英藤架百年根。
因芰修亭山叠石，临池筑榭径回筠。美人靠处忆莲薰。

浣溪沙

浙地采风之嘉业藏书楼

绿荫盘桓嘉业楼,藏经聚典动金瓯。九龙绣匾冠钦鍪。
宋刻汉书襄宿蠹,桑田沧海会新筹。莲风啸石唤红榴。

浙地采风之下菰城遗址

战国风云蔓草烟,城头烽火两千年。当年十里画楼延。
恍若春申音貌在,凄然陶片印纹残。青山隔梦落花天。

篱 前

云过天穹寒雁音,凭风铺地一层金。华林谁拨六弦琴?
霜菊花前零锦缕,玉栀襟里抱清吟。入凉秋色浅还深?

金桂和银桂

同在枝头八月香,小桥溪水照琳琅。风吹树影舞东墙。
偷得篱笆初菊蕊,剪些河汉细星光。银珠金粉试新妆。

森林公园赏菊

日暖风和远足兴,林间叶落脆生声。浅塘苇草水边横。
清清郁气秋意动,明妍花照丽人行。万千菊有万千馨。

自语集

孙儿评上"阳光少年"

小小孩童进学堂,国旗风展五星扬。书包背上合家囊。
心竖标杆追远大,胸怀世界步坚强。少年花样沐阳光。

环球港观电影《无问西东》

双塔巍峨闪烁光,华庭灯彩影犹藏。凭栏候场歇花廊。
无问西东忙取票,还宽衣帽热抓狂。银屏曲意叹徊徨。

文艺会堂观民俗画

揾满春光笔调浓,庭前母子笑迎逢。一帧童戏乐和融。
画出金山农户手,花撩尘世众人瞳。红红年味会堂中。

红花酢浆草

天井阴凉秋草丛,阶前清露湿鸣蛩。应怜一捧失魂茸。
半钵松泥蒙细雾,满堂光照暖仙踪。逢春新翠绛花蓬。

海棠几时妍

细雨迷蒙二月寒,芬芳亭苑紫红槃。海棠羞涩几时欢?
雾湿垂丝昏入梦,风移坠粉泊扶栏。吟歌曲尽盼花妍。

浣溪沙

撷秋英

锦缀花坛草色茵,浅红深翠筑均匀。转晴天气了无尘。
飘叶玲珑何寞寞,落英缱绻正纷纷。秋光遍拾是诗痕。

青 团

揉入春风陌野茵,江南新糯艾青匀。抱怀红豆蜜生津。
祭祀盘中存纪念,焚香炉上袅云纹。而今福祉告仙尊。

端午粽子

拈得两张竹箬青,添些江米聚珠莹。酱豚红豆各争萌。
俚俗常怀家国梦,九歌又起楚湘溟。清香粽子总牵情。

落 花

三月东风胜绣工,任情谢尽晚樱红。肩头点点是仙踪。
先说牡丹衣太薄,又嫌芍药叶先蓬。落花最教织春浓。

今是读书日

开卷弥香瑞气伸,知书三界净无尘。春花秋月步重茵。
一字吹开红一片,千行泻落泪千樽。清风翻遍满天春。

劳动节

　　五一劳动节,儿孙自安排。榴花艳红,庭院空空。劳动些什么呢?想起昨夜梦里母亲问,京味馅儿饼,教你的可曾忘了?这个劳动节烙几个做纪念。因赋词。

五月阳光暖意融,榴花庭院荡薰风。悠闲假日寞然空。
梦走京城思馅饼,祖传滋味复潜踪。今朝劳动也高崇。

榴 花

五月歌风已近奢,秋千飞过绿桑麻。罗裙烁烁石榴花。
拈朵采红蝴蝶梦,移舟溅碧浣溪沙。邻家珠翠醉烟霞。

云南纪游之大理古城

烟梦城头暮霭低,粼粼石下有清溪。旆招南国织云霓。
猛将擒时擂鼓远,烛红明处着人迷。漂流家煮土山鸡。

浣溪沙

云南纪游之白沙壁画

山卧银龙傍丽江,白沙黛屋绕茶香。簪花一道画符墙。
疑是佛天朝玉诏,原来古壁现瑶章。黄衣彩袖舞呈祥。

云南纪游之木府风云

宫邸巍峨朱漆廊,纳西望族弩开疆。后宫银佩锦妆镶。
木府风云多幻变,土司雉尾歇飞扬。斜阳鼙鼓几苍凉。

云南纪游之虎跳峡

沾雪玉龙腾九霄,回风滚石虎咆哮。劈山泻谷碎琼瑶。
撞鹿在胸金鼓响,摸崖伏壁碧峰摇。青蒿红树过山坳。

云南纪游之沙溪古镇

溪水行街古柳招,三家巷口挂红椒。悬藤板凳旧童谣。
月色淡金茶马道,苇花浅绛剑川桥。驮铃已远宿星寥。

云南纪游之苍山洱海

岚走苍山十九峰,梦回洱海碧波中。渔舟鹰网醉双瞳。
春盼泉边蝴蝶会,日循花上下关风。今生雪月有缘逢。

枫林啸咏——入社感赋

满苑丁香诗韵浓,一堂鹤发笔耕童。枫林啸咏溢情衷。彤日彩霞歌锦绣,金戈铁马壮雄风。染秋霜叶战缨红。

  注:此阕获评枫林诗社年度优秀作品。

红 豆

记取当年玉树风,春华新发一枝浓。西厢待月几时逢?试问掌中红豆子,善猜心里碧丝桐?此时此物最玲珑。

  注:海上清音诗友同题集韵。

司棋的《上邪》

风过紫菱花落阶,妆前镜后侍金钗。绣囊心事盼郎来。夏雪冬雷盟血誓,忠男烈女赴瑶台。上邪一曲动红埃。

  注:紫菱,《红楼梦》中司棋主子迎春的住所紫菱洲。《汉乐府·上邪》是一首表达女子忠于爱人的情歌。其文曰:"山无陵,江水为竭,冬雷震震,夏雨雪,天地和,乃敢与君绝!"

采桑子

荷塘清趣

荷塘叶露谁来撷,绿翅蜻蜓。绿翅蜻蜓,轻叩莲房,蝉咏可曾听? 暖蒸玉靥芙蓉醉,风动犹惊。风动犹惊,碧水漪涟,蛙跳落池声。

注:此阕入选《巾帼诗词艺术家名作大鉴》。

栀子花

薰风漫过浓香处,栀子花开。栀子花开,素手难描,雪靥月中胎。 恼人蒸雾黄梅雨,栀子花埋。栀子花埋,一曲相思,玉魄怎安排?

旗袍女

姗姗雨巷旗袍女,伞落珠花。伞落珠花,巧笑回眸,吴调拨琵琶。 那年桃叶春江渡,梦里蒹葭。梦里蒹葭,记得虹桥,映水面如霞。

画堂春

腊梅吟

岁寒伤断雪花魂,笛悠声驻香痕。斜枝绰约捧心人,黄蜡添釐。 浅送清芬一缕,深藏嫩靥三分。匆匆潇雨赴泥尘,轻约来春。

注:此阕入选《巾帼女子诗词大观》。

牡丹(题画)

春风春雨满春江,剪丝燕燕临窗。新裁何处是霓裳,赵粉比姚黄。 倾国倾城种种,瑶池错落天香。画梁文阁笛悠扬,嫁女紫薇郎。

杜鹃红

春萌摇醒映山红,云岚青树飞鸿。披霞一片杜鹃蓬,茜草花丛。 吾欲乘风北上,汝今何处玲珑?吟歌梦里已先浓,忆起前衷。

画堂春

立春了

峭寒未去暖风迟,隔窗梅影迷离。柳芽吹破燕偷窥,犹抱冬衣? 蒲草摇摇翠意,绿毛龟展冰颐。调和烫面付春炊,饼卷参差。

杏 花

逾墙问暖俏花枝,试身红萼春衣。淹留妆粉秀根泥,天地芳菲。 烂漫因风自醉,舞衫偏教痴迷。吹香细雨梦回时,闻遍莺啼。

水 仙

雨花纹石碧琉璃,凌波依旧矜持。早春吹暖婉容仪,心有涟漪。 不解相思一段,今番种了嫌迟。毫端墨吮点香时,绿叶新题。

立冬茶话会
——记老龄大学诗词赏析班同学小聚

立冬天气暖如春,同窗情意殷殷。温馨细点味缤纷,诗话氤氲。　点评时事说新闻,调换古今音频。麦茶胜酒愈清醇,瓜果盈盆。

迎 新

已将纸燕剪成双,欢欣贴满芸窗。梅沾喜气一枝香,正盼儿郎。　霎那门铃响起,堂前厨下奔忙。先端莲子桂圆汤,莫忘加糖。

端阳叙茶

端阳蘅芷郁香时,步烟蓬荜生辉。尊壶雅客问茶炊,凝绿钧瓷。　分享画楼奇彩,江村水草参差。芦花影里夕风吹,茗醉人痴。

没完成的油画

寥寥几笔素勾描,全由赭石操刀。谷堆小院树青梢,篱竹红椒。　云化炊烟天际,槐花一地妖娆。胸中画境已逍遥,谁色先调?

三字令

哭鹦鹉

家里曾养了一只大绯胸鹦鹉，聪明颖悟，学会好些应答问候语，十分可爱。七年后忽然病逝，家人痛惜，用手帕包裹，葬于附近公园桂花树下。以词纪念。

金翠翅，舞轻姿，沐晨曦。红凤喙，吐灵资。语聪明，惊妙肖，尽人知。　　慈佛唤，菊黄归，荡空枝。青冢雨，入香泥。望云天，音谛在，忍相思。

注：此阕入选《巾帼女子诗词大观》。

自语集

眼儿媚

鹊梅图（题画）

杨柳青青杏烟柔，香海驻离愁。薄云碧透，琼枝偶雪，红粉残留。　春风喜鹊梢头闹，旧事绕秦楼。玉人已去，谁听侬诉？梅笛不休。

人月圆

蓝月亮

据媒体报道,本月在继初二日满月天象之后,三十一日将第二次满月高悬。天文爱好者称之为"蓝月亮"。在诗者的眼中,确是一个美丽的蓝月亮。

彩云昨夜掀纱幕,现媚客娇容。仰瞻天象,清光碧练,蓝印蟾宫。 月盈双满,桂枝如蕴,露白秋秾。相邀对影,婵娟已醉,一瞥惊鸿。

中秋月饼

冰魂揉作酥皮软,百果合团圆。春融花蜜,秋逢桂子,印若朱丹。 牵情尤物,怎生轻惹,怅绪惘然。细沙甜饼,先人若在,欢享今番。

裹元宵

一团雪粉揉搓就,做件御寒衣。无须思念,甜心似蜜,待月圆时。 华灯已上,沸锅起调,若理桐丝。釜汤追梦,沉浮冷暖,你我夫妻。

自语集

柳梢青

南浔游

桥挂青藤,苔墙老屋,枕水穿椓。舞旆春风,牵魂三白,编竹廊棚。　乌篷船过清泠,剪柳燕、莲庄引行。未遇田田,归来寄梦,透翼蜻蜓。

春 分

芳草纤尘,清潭碧水,日月中分。寒暑均匀,霞飞梦醒,昨夜星辰。　庭前惊落樱芬,竟然似、风摇茜裙。已半春期,菱花镜里,淡了眉颦。

临江仙

梅雨偶停

梅雨偶停蒸湿雾，林间一片蝉惊。远雷滚滚卷云轻。似酣杨柳树，枝叶乱遮莺。　　池映飘摇花影碎，翠萍分撒繁星。徘徊过客伞如英。润珠沾玉面，荷露比晶莹。

咏白玉兰

彻夜春风吹树乱，琼枝轻撞银盅。瑶池宴举醉玲珑。谁裁新月，几片撒苍穹。　　柳絮悄悄来细问，是伊清水芙蓉？雪姿冰化笑如童。云毫初咬，吟罢露华浓。

注：此阕入选《当代优秀女诗人精品典藏》。

樱花吟

绿草芹泥经雨醉，春光渲染天穹。临空一树粉芙蓉。盈盈漫漫，琼阙玉烟笼。　　不似杏林浓艳色，宛如纱浣溪中。相思何处觅仙踪。绿湖波远，梦里淡樱红。

芙蓉妃子

秋日芙蓉妆已罢,碧枝媚舞金风。长生殿里羽衣红。禁闱春永,翘翠醉鬟松。 闻铃剑阁声去矣,奈何思绪无穷。似花妃子梦中逢。香芬千瓣,寄语汉皇宫。

美人蕉

常伴冬青茵绿径,红葩羞说相思。秋分初谢藕花时。美人舒袖,惹得蝶双飞。 几处坠桐追笛去,低吟越调徘徊。斜阳嘘暖蕙心归。依然蕉叶,更了御寒衣?

三亚印象——琼岛金滩

琼岛金滩排碧浪,拂来尽是椰风。竞帆潜影去无踪。缤纷妆泳,点彩艳阳篷。 南天梦里云海色,恍如隔世重逢。孙孙共我筑沙宫。童心穿越,迷醉在其中。

临江仙

秋 分

向晚秋凉侵雁羽,归云掠过檐楼。阶前影去薄霜留。坠桐飞几叶,凄怨未曾休。　　风雨绸缪浓桂树,清芬初挂枝头。去年花事几沉浮。万千纷乱绪,明月共分忧。

秋 荷

一段听花吟月曲,云舒云卷云天。满塘惆怅怨秋蝉。销红百日,残萼几何眠?　　偶有鸣蛩声寂寂,池中池面池边。亭亭已去泪铺笺。笔端菡萏,留取几分妍?

梅桩红
——读莫林大姐《还我梅魂》词选感赋

冰雪梅魂倾吐,女兵战地情衷。铿锵擂鼓笔生风。少年辞绣阁,长铗断雌雄。　　草色戎装谁旧?行诗气若长虹。酣毫方觉意浓浓。秋林明夕照,春永数桩红。

　　注:《还我梅魂》词选,是莫林大姐的"风雨潇潇"系列丛书之二。大姐耄耋之年九十有二,仍孜孜不倦,潜心诗坛。巾帼女杰,令后辈敬佩不已。大姐对我情谊深重,我祝大姐梅桩永红、青春常驻!

紫薇

秋凉小径宜循步,晴空掠过浮云。隔宵天女散娇魂。纷繁精致,花树起清芬。　紫薇今约新风露,淹留碧柯芳丛。扶风摇曳尽姿容。谁教轻惹,羞涩满堂红。

注:紫薇又名满堂红。

今夜婵娟

宛若泠泠江浸月,秋光漫过重楼。小窗风静桂香留。隔墙花影,何忍下帘钩。　舞袖千年真寂寞,无端杯酒从头。婵娟今夜入云浮。盈亏梦里,拾醉散清愁。

观京剧《月光下的行走》

幕启清光明月璀,引人吟步穿行。京胡簧板凤音鸣。名伶身段,水袖舞天星。　串起中秋诗未歇,古今共与心怦。倾歌慈母手中情。悄然回首,邻座泪晶莹。

临江仙

古猗荷风

待到雨势稍停,赶去古猗园访荷,竟已销殒大半。拥子莲房,摇曳塘中。稍有几枝嫩葩,试吐清香,亭亭可爱。

何处园林消溽暑,古猗听有荷风。池塘叠绿目移红。蕊房莲子,眠在翠蓬中。　入夏无常连日雨,扶摇青雾迷蒙。留芳雅士慕仙容。擒香推镜,定格好芙蓉。

注:古猗园,原称"猗园",取名源于《诗经·卫风·淇奥》:"瞻彼淇奥,绿竹猗猗。"后来才叫"古猗园"。

越洋之约

桃李花开春漫漫,暖风润雨华亭。半分世纪海山更。曾经书屋,灯下读人生。　华发已然青鬓改,淹留旧日娉婷。一窗夕照见霞明。越洋有约,情谊以心铭。

注:市三女中"夕照同窗"微信群,热闹而眷情,风生水起。蒙班长雅芳热心,寻得见明、以铭二同学,隔洋相约,微信传话。不日,她俩将离美回沪,与同学们欢聚一堂。笔者有意将二人名嵌入词里,以为留念。

蝴蝶兰随想（题画）

钧釉瓷盆光烂漫，晴窗散了春寒。雍容域外客家兰。芳名为蝶，任性炫花繁。　谁教庄生迷失梦，翩翩离了尘缘。同窗故事奈何天。伤心九妹，化翼入云间。

除 夕

守岁迎新围电视，金猴热闹翻腾。砂锅依旧炖嘤鸣。团圆一桌，八宝饭蒸蒸。　瓜子装盘茶已酽，荧屏一片春萌。红联试笔靓门厅。远离炮竹，今夜见繁星。

春字歌

何惧早春寒料峭，腊梅别样春衫。柳丝春梦欲重编。方苏春景，今日又新添。　歇浦春江弯几道，升腾含绿春烟。楼如春笋不虚传。水分春色，两岸看花嫣。

　　注：试着将这春字分付于每句中，让这满满的春意蔓延开来。

临江仙

紫丁香

偶访丁香名苑,潇潇春雨飘蓬。龙墙麟径绿重重。碎金连翘泻,湿了海棠红。 梦里娇羞何处?紫云簇簇朦胧。树烟人静独呢哝。有缘相约见,休遇落花风。

海棠花树

疑是天庭花树艳,绛珠玉照蓝田。柔成香窟梦萦牵。去年今日,有女笑如嫣。 一段芳菲缘未尽,几番春雨淋溅。梅花开罢杏花槃。偏偏绰约,倩约醉红丹。

樱花雨

仙幕云幢烟漫道,恍如晶阙珠宫。倩魂俏魄尽消融。千重娇宠,风过撞玲珑。 吹落纷纷银钿雨,添些素雅妆容。鬓间拂了又蓬松。茜红衣上,点点写春浓。

黄梅雨

一夜滂沱喧闹,无边珠幕低垂。窗前湿了蕙兰衣。迷离神走雾,惆怅梦追词。 未歇酥酥绵雨,时而云际斜晖。自斟米酒半香卮。芭蕉明翠日,榴朵艳红时。

听文斌郭先生朗诵

常与雅吟邀会，聆君声若洪钟。抒情玉树正临风。涨怀诗馥郁，雷霆响天穹。　颖悟文章深意，熟谙音韵融通。红牙击节满心胸。傲然承远志，颂曲总无穷。

辞旧迎新

墙上换张新日历，梅花图案如馨。风寒侵袭已难胜。寄猴思本命，岁暮唤生灵。　梦里云开天与地，似闻锦翼鸡鸣。醒来喜看蕙兰萌，系条红缎带，且把瑞年迎。

新场古镇掠影

梦里传来梅信，车行一路迢迢。闻听古镇起春潮。酒旗檐下展，念念海棠糕。　旧瓦细绔新草，灯笼红挂妖娆。江南绿水画烟桥。柔风闲客醉，圆子卧醪糟。

临江仙

避风塘吟友聚会

昨日立秋留热浪,依然伏汗蒸笼。沙龙知友乐相逢。追音逐律,心翼比翩鸿。　难得茅台清冽醴,迷醉宋礼唐风。吟壶击节愈香浓。诗翁八十,起调若洪钟。

七夕

一束红绳银汉现,鹊桥今渡牛郎。踏云追月倍牵肠。三生有恨,思念几凉凉。　梭走年年回锦字,仙凡缘结槐桑。人间天上两茫茫。井床湿露,原是泪莹光。

大剧院听评弹《繁花》

珠走玉盘轻点拨,江南梦里姑苏。繁花巷口俏音奴。久违丽调,记得说罗敷。　沪上风情编故事,一帧民俗画图。巍峨剧院响弦书。入怀天籁,逢雨软如酥。

自语集

黄睡莲（题画）

暖阁茶炊添意绪，秋阳透过芸窗。乾清粉彩染奇香。烟云一袭，出水俏黄裳。　凌夜碧塘空对月，六弦谁唱唐璜。婷婷风里已凉凉。良辰一刻，禅语读经幢。

藕香入梦浓

飞下瑶台明月阙，浅塘铺翠擎红。鹤亭暖日有轻风。伶仃清露，酿作醉吟盅。　玉蕊去年因有约，无端愁绪成空。相思入梦藕花浓。雪笺洇墨，先画绣芙蓉。

丁酉岁暮诗酒会友

顺水顺风流岁月，几多印额留痕？感吟知友约芸芸。花红一品，碧酒把晶樽。　诗遍春风桃与柳，词如谢雨秋纹。屏前飞雪斗奇芬。新晨又等，云雀叩心门。

古籍书店喜见《渊雅堂全集》

书坊琳琅珠玉集，琦章架上辉煌。春风消息腊梅香。眼前渊雅，抱朴入兰堂。　薜荔青藤阴陆巷，清嘉杏雨门墙。采芝纵缆凤鸣廊。程门捧读，喵喵仰龙骧。

临江仙

女神节日

如画如诗如幻境,梅含雪意朦胧。罗浮素袖总香浓。铺笺欲染,一树醉玲珑。 如梦如烟如缥缈,鬓丝不复蓬茸。旗袍腰际可宽松?女神节日,对镜点唇红。

茶花如女

楼畔山茶花正艳,清明时节相逢。曾经异域卷遗踪。哀哀娇女,蹇命失惊鸿。 飞絮别枝伤逝去,落英如泪侵瞳。春风岁月幻如虹。转蓬又是,芍药牡丹红。

浅 滩(题画)

碧海掀波摇浪,夕阳晚照云樯。浮霞归帆影幢幢。隔舱鱼跳跃,水鸟绕舟翔。 网撒满天风雨,捕捞半世沧桑。惊涛扑面识炎凉。浅滩安梦枕,明日面汪洋。

自语集

鹧鸪天

读《十友吟》

凤舞龙飞十友吟,挥毫淋墨耐人寻。字箴风雨千年梦,行奏流泉一曲琴。　秋叶绛,夕阳金,人生百味涌前襟。描红汇彩新图卷,难得华巅少稚心。

春 唤

春唤玉兰琼树丰,牡丹未醒几时红?曾经依踵寻浓蕊,何日缠枝问暖风。　怀远思,惜相逢,杏坛音籁恁从容。天香初盖芹泥日,吟步追随绿径中。

对 饮

对饮痴狂须几盅?葡萄自酿浅绯红。壶倾岁暮朦胧意,诗醉花间闲逸风。　灯烂漫,盏玲珑,漫将甘醴润兰苘。醺醺柔叶春山样,君曰春山如旧同。

白兰花

碧径红葩似锦镶,犹闻叫卖蝶纷忙。吴侬软语藤篮挎,粗袱印花珠蕊藏。　拈素蕾,贴绢裳,浓馨一朵诉春光。独酬明月幽兰韵,艳骨销时焦愈香。

鹧鸪天

端午神话

端午香薰郁透门,又传神话到红尘。西湖溅雨同舟楫,鸳帐簪花合伞人。 江米酒,白蛇魂,雄黄一点露仙痕。断桥余雪青儿泪,云涌雷峰夕照昏。

小 雪

连日霏霏萧竹寒,行人漉漉步蹒跚。比肩舒伞擎晶露,替踵溅珠腾雾烟。 檐滴雨,湿窗沿,灯前愁煞菊花残。昏昏梦里收香蕊,洒向天边化雪翻。

银柳疏梅

银柳疏梅喜过年,清新素雅惹人怜。谁言瑶草云台境,只在春红岸柳间。 晶蕊透,雪苞嫣,青瓶亭立耸香肩。坊间箫笛游园梦,已令新词花下眠。

清 明

春雨纷纷催落花,蓦然苏醒柳枝芽。清明白菊行千里,寒食青团到万家。 拈页页,摺些些,先人纸箔够非耶?南香一炷思如袅,长绿松针满树丫。

梅干菜烧肉

名馔佳肴有秘方,味倾四座做文章。黄姜紫笋炼丹火,红乳青葱补点妆。 溶酱色,化冰糖,共邀梅菜诉衷肠。炉施回转金星术,镬起浓氛满屋香。

紫藤

春树因风吹紫烟,夭娆掩映叶相牵。晨明初透藤萝绿,夜雨空教方寸悬。 随燕语,结香缘,感君会意舞微澜。狂蜂浪蝶休侵扰,吾欲听花一拍弦。

中秋桂子

感念传馨种树人,年年馥郁净纤尘。秋分蛩语催新蕊,白露蚓泥覆秀根。 蒸暑度,暖阳薰,金风摇曳半庭芬。吟歌对酒团圆夜,桂子香夺一席魂。

南翔檀园

冬日飞黄枯柳寒,老街杏旆挂雕檐。云翔寺影方圆孔,兰露堂前上下联。 吾介馆,啖羊膻,本帮滋味镇千箪。檀园幽静神仙地,鹤舞斜阳梦里翩。

鹧鸪天

银杏叶儿黄

冷雨稍停霜结枝,闻听绿地叶黄飞。推窗潋滟晴光好,携手徘徊曲径迷。 行步缓,笑眉低,眼前印象打包回。绘成一幅秋冬恋,又赋琅琅银杏题。

真丝围巾

冬至凌风雪羽吹,轻云一朵项间飞。青桑侵染春魂魄,素绢当吟寒竹梅。 胡蝶结,牡丹围,殷勤回暖锁芳菲。蚕娘幻梦丝方尽,数九如添一袭衣。

落 樱

四月行风吹落红,小园点点瘗芳踪。借来芦絮分鹅雪,留取晶莹化泪瞳。 今日别,几时逢?来年春信总相同。蓬山记得招青鸟,唤我花间入梦浓。

注:此阕幸获 2017 年顾村樱花节诗歌大赛一等奖。

贺诗友乔迁聚会

争到荷风过碧池,去年词赋已秋时。倚看桥畔蒹葭水,说笑伊人霞彩衣。　茶潋滟,影参差,芬芳诗话漫如痴。径斜庭桂摇花日,分醉流觞酒一杯。

飘雪

耳畔琴音正动人,眼前飘雪舞缤纷。泼天柳絮寻春岸,落魄天鹅旋羽裙。　一片片,几痕痕,冰凉拼出恁清纯,痴心同筑繁花梦,拥入阳光化作云。

笛音缭绕《鹧鸪飞》——悼念陆春龄大师

缭绕天庭鹧鸪鸣,江南丝竹汇同馨。销魂玉笛穿云去,点雨花翎颤翅腾。　凌云志,出神声,陆翁仙指唤生灵。洞音天籁春风在,屏息聆听瑞气升。

注:《鹧鸪飞》为已故横笛大师陆春龄名曲。

鹧鸪天

红楼印象

华月红楼一梦萦,缘因木石不平鸣。风摇湘竹愁诗帕,
金锁芳魂失玉灵。　心似雪,意相倾,海棠诉曲菊吟馨。
忍看泣血芙蓉诔,公子多情泪湿茔。

梦里樱

秀域灵泉别样清,四明云树蕴山屏。襟怀独抱幽兰女,
吟咏先听花雨声。　诗叠雪,月移灯,浣纱一曲百姿生。
偏偏老去芙蓉面,梦里春风旖旎樱。

自语集

小重山

残 叶

悬在枝头侵露寒。谁教吹冷雨、梦先残。几曾苑景绘斑斓。今何处,摇摆挂琅玕。　风过见犹难。秋心惆怅日、怕凭栏。飘零一叶菊篱边。焦黄态,与你醉同眠。

皇城根火锅店

雪色凌寒沿路冰。肃然痕迹在、入眸凝。沸锅红火诱人行。寻根去,滋味在皇城。　此刻醉膻腥。铜鎏炉炭釜、涮平生。麻香佐料蒜头晶。添几个,驴打滚随兴。

己亥初雪

一夜冰花绽屋巅。隔窗天地焕、冻云槃。遥看林苑欲凭栏。思梅树,玉琢粉妆般。　槐柳静无言。只期春信到、展萌颜。心存暖意梦无残。还记取,二月荡风鸢。

一剪梅

腊 梅

白雾青霜漫画桥。有树金苞,有树银条。瑶宫蜜蜡洞人浇,花是神雕,梦是云缭。　闲话窗前谁共聊?月下弦调,月下香邀。肃寒凛冽待春潮,花是夭夭,叶是摇摇。

叹香菱

莲藕同香乖女儿。灯火元宵,英落渠泥。沽身笄草命堪怜,风雨潇潇,碧叶低低。　谙尽酸辛勤习诗。寄语孤烟,故土云炊。悟灵三昧蕴愁情,日日红消,夜夜魂归。

贺《上海当代女子诗词选》出版

桎梏千年弱女身。弄瓦轻尘,缠足留痕。牵魂萦梦入簧门,无奈围裙,帘卷黄昏。　别了幽栖肠断呻。漱玉新文,兰菊齐芬。须眉巾帼共庭分,词唤蘋春,诗薄昭昕。

　　注:余词二阕入选其中——《祝英台近·梁祝情缘》《浣溪沙·阵雨即景》。

赠雁声

少女青衿付远征。晚习邀星,晨读花听。唯铭父母惠儿经,夏伴灯萤,冬暖莲羹。 一纸锦书瀚海惊。十载殷勤,雁过留声。躬耕寒苦自功成,学子旗旌,桂冠瑶琼。

注:侄女雁声,自小学习刻苦,上外附中毕业之际,以全额奖学金优异成绩入学美国哥伦比亚大学,词以勉。

观戏《孔雀东南飞》

孔雀台前管笛悠。袖也飘飘,袂也柔柔。台前孔雀展莺喉,粉面芙蓉,玉指箜篌。 孔雀台前结喜俦。嫁与君卿,海石盟酬。台前孔雀诉哀愁,母命难违,鸳梦难求。

孔雀台前叶落秋。劳燕东南,千载幽忧。台前孔雀理青裘,玉树琼宫,双宿双投。 孔雀台前雨雪收。现了霓虹,亮了迷眸。台前孔雀幕帷留,祈愿人间,眷侣偕游。

一剪梅

白 露

一夜寒蛩诉寂寥。哼了童谣,折了蛮腰。隔塘残藕叶新凋,续了哀箫,酬了离骚。 风露无言泣半宵。湿了林梢,伤了初苞。泪盅收拾酒宜调,欠了诗抄,还了妖娆。

鸡年初笔

新挂鸡年月份牌。锦翼翻飞,童子兴财。孙孙生日画枚星,礼物先筹,运动球鞋。 冬雨清空洗雾霾。楼影婷婷,梅映书斋。诗行意远费心裁,闲坐呆萌,寄梦云开。

惠南古钟园

银杏香樟石板桥。钟坐林亭,塘歇兰桡。秀容惹得画思浓,柳入新毫,樱动初苞。 旧式庭园细饰雕。墙上龙鳞,檐角鸢鹞。寒声咽古落梅风,韵和云箫,心起澜潮。

寄思中秋

健儿赴法留学。月到中秋,人逢佳节,思儿情切。遥遥巴黎,瑟瑟秋意,知否添衣?

千里蟾光洒客轩。碧波漪澜,碧宇云翻。傍河塞纳紫薇残,香水雕栏,薰草衣单。　丹桂华馨又一年。圆月团颜,圆饼情牵。卢浮宫外六音弦,思绪无端,游梦无眠。

同窗相聚

一别经年翰梦遥。昔日同窗,少女华韶。书声无忌乐声高,春润花娇,青缀裙腰。　五十重逢鬓已萧。浩历沧桑,边土尘嚣。不甘庸碌弄归潮,几处枫红,几处松涛。

注:阔别五十年,与市三女中同学相聚,人世沧桑,百感交集。

喝火令

七夕

漾漾盈亏月,溶溶七夕晶。噪蝉依柳几多情。今浴玉蟾如水,会拥海天溟。　未觉凌霄艳,犹怜菡萏馨。万千风露点残更。记得曾年,记得约池亭。记得凤仙舒叶,仰望鹊桥星。

寄 韵

紫燕依稀梦,蔷薇昨日吟。落红风过最难寻。空等嫩晴消息,何处觅芳心。　寄韵明肝胆,留香结袖襟。积云成雨玉魂沉。对面无言,对面奈何惜。对面满抔花叶,和泪入清斟。

含羞草

郁郁青枝瘦,遥遥暮色深。卧泥疏淡本无心。分合霭云烟梦,难解费追寻。　只怪清香惹,唯愁玉指侵。怕风惊雨锁兰襟。茜草含羞,茜草吐沉吟。茜草慢回低度,转盼净尘音。

听萼心曲

彻夜摇淫雨，圆涡划碧泓。点荷惊处急琶声。催得醉红零落，何处觅娇婷？　　霁日飞云过，池塘漾叶横。柳枝临水复蝉鸣。听萼吟芬，听萼唱娇莺。听萼恋春心曲，但看立蓬茎。

广西游之德天大瀑布

远谷惊雷鼓，清流蔚秀岗。涤龙呼出九天骧。分翠石桥停伫，喷薄洒珠凉。　　掷帛垂天幕，横霓展画廊。劈岩穿壁水晶墙。泻玉和春，泻玉碧成章。泻玉雪涛飞溅，泱漭泛灵光。

广西游之通灵大峡谷

桂地通灵气，修辙行崎岖。幻云烟雨一时酥。千拾险阶临下，青郁叠扶疏。　　未敢稍停歇，提心卵石途。陡悬钟乳暗河迂。峡谷重流，峡谷古崖墟。峡谷碧林沉醉，造化绘神图。

喝火令

广西游之涠洲岛

绿岛斜阳近,轻船濯浪先。翠披岩壁鳄鱼山。蚀销百年熔洞,幽草火山盘。　滴水丹屏景,晚潮五彩滩。过桥游客恋微澜。海色溶天,海色化回湍。海色万顷波浪,白帆雪鸥旋。

广西游之北海银滩

凤尾青椰树,银滩白浪潮。细沙柔密比丝绦。骄日泳装鲜艳,临水笑声滔。　旧干驼腰势,新花阔叶招。逆风千里不言凋。踏海听涛,踏海梦中谣。踏海竹棚凉爽,冰豆雪糕咬。

广西游之红树林

逶迤虹桥架,缤纷翡叶林。海滨犹作翠风吟。围岸一番心意,根复渥泥深。　瞪眼招潮蟹,滩鱼跳马欣。自然生趣贵如金。那片回音,那片浪低吟。那片涌涛天际,搏浪已千寻。

广西游之北海老街

念念千般味,皮皮一碗虾。老街宽步夕阳斜。清赏古钱红木,馋饼李姨家。　　翠叶爬山虎,红藤老木瓜。户牖黝黯说奢华。铺面迷霞,铺面醉灯花。铺面海珠奇蚌,凉果陈皮茶。

行香子

南柯未醒

案理姝娴,絮语流连。枕书眠、咏绪漪澜。海棠联句,寒菊诗缠。寄桃花雨,梅花笔,雪花笺。　曾吟春絮,三叹秋叶。渡溟濛,似水流年。南柯未醒,霜肃青鬟。梦风如笛,月如水,柳如烟。

桥畔枝横

桥畔枝横,小径穿行。似听得、春水低鸣。黄梅谢落,风过休惊。看生花叶,点花萼,分花英。　连绵细雨,袖底寒生。偏无忘,旧调琴声。梧桐斑驳,樱蕊新萌。念去年梦,今年赋,那年舣。

风入松

奉九十仙龄莫林大姐原玉酬韵

　　为《秉蕳集》研讨会所赐贺词风入松一阕,愧领以酬。

寄言溱洧自仙源,诗贵读关关。峻山秀水花间路,勉语先、倾吐莲烟。唯感一宵明烛,秉蕳知遇尊前。　拈株兰草续前缘,冬日暖轻寒。文章因解千千结,径香盈、谐步梅园。春拥游魂移梦,好风吹遍人间。

听琴大雅堂

轩堂大雅起松声,飞叶落英惊。原来名士丝桐弄,令花醉、月泻蕉庭。倾覆银盘珠跳,临塘点雨飘萍。　袅香绕指嘎然停,谁在角门听?知音此处闻多少,唯情付、流水叮铃。一曲从容绵古,万千澜起于觥。

满庭芳

茅屋也温暖（题画）

桂树摇金，月华如练，清歌醉了壶觞。半生风雨，含笑向炎凉。笔走深浓浅淡，将娟秀、绘入甜乡。蓬门里，画裏茅屋，四壁野花芳。　词章，舒婉调，霞光苇草，雾媚山庄。守文竹芸窗，佞宋宗唐。黄尽青青岁月，粗茶隽、素味尤香。长携手，侬濡尔沫，吟句正琳琅。

　　注：良人一帧油画《茅屋也温暖》，作我俩银婚纪念，温馨美丽。此画曾被选为壁画优秀作品稿。

健儿大婚

五月花繁，鸾红新剪，分粘东壁西墙。枣儿莲子，同撒绣绵床。帘动鸳鸯戏水，晶盆耸、蜜果饴糖。高升响，樱氛杏雨，瑞气入明堂。　琳琅，书半屋，寒窗日月，页页收藏。正满志踌躇，面海沧沧！举翼鲲鹏踏舞，三十立、喜作新郎。欣黄喙，筑巢衔草，已试种麻桑。

　　注：吾儿健，自小立志悬壶济世。医大毕业，留学巴黎，修成硕士。大婚之际，攻读博士。效力三甲，鹏程万里。词以贺。

繁华九九

四月蘋风,催红芍药,尽染春树氤氲。画堂知友,酬酢满清樽。多少如烟往事,今涂抹、七彩无垠。思潮涌,柔毫寄语,湿纸汇云痕。　秋馨,霜菊灿,繁华九九,荟集黉门。愿持此邀君,共返童真。莫道鬓丝雪矣,昨梦里、犹醉花薰。栖霞眷,丹青笔底,潋滟点初昕。

  注:由良人创办的上海市老年大学"九九水彩画"协会,为老年水彩画爱好者搭建了交流平台,初见成效。值协会成立五周年之际,赋词以贺。

中国梦

红药朱丹,盛装五月,浦江回岸浪浪。壮观依旧,沿袭世无双。搏海巡天梦想,今我有、航母飞艎。星空里,嫦娥新驾,天宇任游缰。　曾经,风雨过,苍夷满目,倭寇嚣狂。叹斑驳斯文,十载萧霜。待唱花开茉莉,真教那、颊泛霞光。春江夜,玉蟾升起,胜境入绮窗。

满庭芳

《漱玉词》读后

一树香栀,半庭修竹,滴檐梅雨黄昏。卷吟声慢,回壁破晶樽。遍拾清泠委婉,抹不去、旧日啼痕。犹思念,藕花碧水,争渡好青春。 销魂!何忍看,黄花瘦损,雪鬓霜尘。怕残酒沾唇,和泪侵吞。此处唯情可觅,细收拾、漱玉音罄。依凉簟,踏秋梦里,菊叶正纷纷。

贺上海老龄大学建校二十五周年

美丽园旁,霓云广厦,杏坛还看花繁。桂芬佳节,追梦续前缘。闻道良师善诱,慕聆教、奔走相传。人潮涌,黉门盛况,接踵复摩肩。 拳拳,心未满,涓涓滴水,汩汩鸣泉。正开卷迎香,蕴藉如兰。莫管松纹鹤发,书侵润、桃李彤颜。休弹指,白驹眷恋,二十五年间。

枫叶浓时——庆贺枫林诗社成立三十周年

枫叶浓时,旧朋新友,喜庆诗社生辰。几多戈手,挥笔写缤纷。今日红旗遍展,志未老、饶足弥珍。蓬勃业,众人浇灌,林苑茂如春。　欣欣,三十立,雍容信步,霞蔚氤氲。正怀壮怡情,吟诵晨昏。哪管华颠已雪!还梦里、秋树芳醇。因陶醉,传承古韵,华夏汇祥云。

悟空说

今是猴年,算来好命,盛世鸿运昌昌。漫山花果,遗爱有甘棠。慧眼流波顾盼,曾先悟、拍额厅堂。南天诵,阿弥陀佛,前传说禅唐。　风光!称大圣,翻天逐浪,颠倒云幢。看抓耳煽情,抡棒张狂。锡杖袈裟是也!唤师父、马上隆妆。吹胡哨,空山回响,碧水汤汤。

满庭芳

南园品茶

林木扶疏,外环内道,昔时车马朱门。植松移桂,循去日遗痕。花版镂雕四壁,已说尽、旧事纷纷。泥金匾,八仙过海,现踏浪丰神。　氤氲,池绕阁,黄芦竹倚,瘦石嶙峋。搁几煮茶香,诗意微醺。闲坐听风入室,观淋漓、新墨翻云。淹留住,古斋吟客,不觉近黄昏。

贺衍亮陈先生宏业开张志喜

天下灵溪,同迷古路,半城泉映青山。远行风雨,棲在碧波前。未顾环湖秀色,分翠柳、巢语幽燕。行鸾帚,书生有志,运涧谷平川。　宏篇,鹏举势,消融块垒,云际飞翻。炽情荡于胸,筑梦家园。得酒热肠震胆,但闻得、锋淬铿然。霞明日,梧桐叶茂,看凤翼斑斓。

平安夜

闪烁星光,无眠今夜,快鹿犁雪腾喧。皓髯红帽,载一路花烟。背起行囊礼物,铃儿响、分撒欢弦。银橇纵,絮飞旷野,回荡海和山。 平安,天使降,千重幸福,万户团圆。愿天下孩童,分享丰餐。念念火柴少女。圣诞树、灯彩斑斓。燃祈烛,地球村里,有福共嫣然。

长夏望雨

闰月之年,枯焦长夏,换身清淡衣裳。看荷缸里,红粉睡中央。应是春留些许,悬萝叶、绿意如桑。忙厨下,偷闲拾笔,酬几句词章。 凉凉,风习习,楼墙炙气,酷热骄狂。想淋汗车驰,快递儿郎。更夺人行慢道,争分秒、赚取钱粮。观天际,火霞烈焰,何日雨泱泱。

上海国际舞蹈中心观舞

湿雨初冬,晶珠花伞。看人流涌纷纷。乐泉欢跳,迎客献勤殷。步入精灵世界,望穿顶、炫彩如银。华堂里,心潮已动,帷起醉三春。 如醺!莲足秀,云烟曼妙,纱翼绡裙。共穿蝶引风,飘落诗痕。谁抹江天一色,摇水墨、白鹤销魂。凝眸际,倾台旖旎,谢幕未回神。

满庭芳

舞蹈《满庭芳》

台上娟娟,翠凤玉笼。步莲轻走圆场。绿云飘拂,舞起满庭芳。团扇流苏袅娜,似听得、清脆明珰。纷飞蝶,扑来娇喘,汗沁绣衣裳。　　临江,香草岸,仙姿牧笛,惆怅刘郎。看桃李艳分,谁扮浓妆?摘朵新葩灿烂,春风漫、荡漾初棠。蛮腰转,扬天花瓣,洒落锦琳琅。

贺"尚诗苑"沙龙揭幕

春近江南,梅红初绽,喜融开卷簧堂。拜聆经典,同好是同窗。胸有山河壮美,争教那、笔底生香。何曾忘,芳华年代,跌宕锁游缰。　　初阳,频照得,尚诗一族,豪兴飞扬。听鹤发童生,哦诵浪浪。诗者谁言老去?还梦里、才赋琼章。琴歌漫,行书欲舞,陶醉在吟乡。

贺《苏韵同芳》出版呈韵石庄先生

盛世华年,吟轩墨韵,满穰驰誉申江。汉唐章法,清气拥怀囊。博采诸家隽雅,雪笺上、霞漾云幢。分明是,毫端功力,入木定梅桩。 琳琅,花满苑,兰堂笔会,金鼓逢逢。看巾帼旗旌,凤舞龙翔。三尺杏坛岁月,燃明烛、积撷书香。因狂草,弄潮望海,醉酒共倾觞。

  注:庄韵石先生,字吟轩、亦果,号可辛墨人,斋号"尚然斋"。耄耋之年女书法家。曾任文史高级教师。退休后,潜心习研书法。至今书艺精湛,法义融通。作品屡在中外书法交流大赛中拔得头筹。作品草书柳永《望海潮》,获世界华人艺术精品大展国际银奖。词以贺。

水调歌头

斑竹传

湘水载云过,拍岸激狂澜。苍梧殇帝,魂坠南岳伴荒烟。耗震娥皇凤辇,惊落女英玉钿,倾泪泼琅玕。节节啼痕叠,历历紫斑斓。　山川寂,暮日暗,叹先贤。铁戈安在?阡陌丰熟待镃镰。疏影深宫人寞,望断西风鸿约,孤柩枕山眠。往事追黄鹤,斑竹伫人间。

湘西行——烟雨凤凰

久有楚湘梦,烟雨凤凰城。船眠亲水楼下,排瀑泻清泠。行过甜香酒铺,夜宿红花伞巷,兰草复雕棂。隔瓦响皮鼓,远岭有和鸣。　沱江岸,拍栏浪,起琴声。虹桥夜话,今夕星暗烛笼明。烟斗朦胧诗画,叠卷方知故宅,老屋篆铭擎。等你已千载,古道石苔萌。

自语集

八声甘州

青匳本无愁

望窗前皓月惹伤情,往事似东流。记及笄桃李,朝歌夕咏,溅墨香留。风摆春衫如柳,青匳本无愁。却夏雷奔雨,梦也休休。　夜半惊锣急鼓,碎旧文遗纸,十载萧秋。待鹏翎欲展,梅发额纹稠。幸今朝、霜风新醉,望白云、雁字写人尤。斜阳里、无边诗海,击水浮游。

菱花镜

对菱花记取旧时痕,恍如隔云烟。叹春梅曾秀,春杨犹瘦,春梦消残。是处秋风吹叶,秋雨袭栏杆。唯守襟怀素,夜夜诗缠。　拭了先尘昨雾,正栖霞回顾,濒水浮莲。问羞花娇蕊,鬓侧几流连?镜琉璃、明妍憔悴,误几回、梳理坐香禅。妆台倦、以青螺黛,勾勒词笺。

八声甘州

去东欧机上

看云翻浩海碧穹天,银翼搏长空。正横空万里,大河峻岭,霎那朦胧。鸟瞰高坡黄土,壮美醉神农。最艳斜阳色,一抹从容。 慢拨时钟半日,想家乡秋叶,可有嫣红?讶弦窗变幻,欧陆现葱茸。待寻寻、湖光空翠,去详详、异域眷情浓。须俄顷、入舱清气,蕴藉明瞳。

苑林步雨

看凌空忽忽雨丝来,迷雾漫霏霏。问新垂桐叶,因何起舞,回转低眉?择步荷塘曲径,藕梗暗参差。无语伤离绪,昨梦难追。 谁按宫商弄笛,调柔听紫竹,一任心驰。醉纷纷菊蕊,金桂落些时。正迟疑、草花衰弱,露沾衿、湿发几曾知。争思忖、苑林萧瑟,吟句如痴。

大雨泱泱

怅泱泱雨幕织千重,湿露断残荷。愿嘉城聚日,休教淋透,红蓼青萝。应暖三秋桂子,香树结金蛾。梦里秋霞圃,花影娑娑。　难料风云乍变,泄河天震怒,恣意滂沱。约邀游会咏,好事几多磨。想人生、惊涛无数,到晚来、尘土写蹉跎。须晴后、檀园寻菊,踏叶吟哦。

　　注:此阕入选中国青年出版社 2017 年出版的《2018 诗词日历》。

苏州河盘湾取景

有春风十里送香来,夕照碧澜微。伫苏州河畔,万航渡口,取景霞辉。记取百年沉淀,垃圾运成堆。异味徊流黑,难教舒眉。　四十年间欣喜,看水清鱼跃,游舫轻驰。待玉兰盛放,幻峻宇新姿。漫桃花、岸笼烟雨,翠柳枝、绿意拂芳堤。深呼吸、沿湾空气,馨满罗衣。

　　注:2018 年获上海诗词学会举办的"春来赋"纪念改革开放四十周年原创诗词优秀作品奖。

八声甘州

冬阳梦春

看连霄飞雪卷心潮,腊梅泛清晖。伏芸香书案,吟痕似语,入耳萦回。已惯云间漫步,种玉翠烟弥。解得忧心事,唯我诗词。 记取初昕笔调,叹芳华荏苒,青涩无知。怅黉门路远,倦旅错参差。浣银毫、画堂春透,赏红联、濡墨点犹肥。冬阳里、梦中思念,蝴蝶花衣。

观越剧《甄嬛传》

怅悠悠越调散云天,回音袅空留。看台前帷幕,依然摇动,隐约牵愁。是处蟒袍青剑,恩怨一时休。已令相思错,蜡泪如流。 嘉叹名伶莺啭,正抑扬缥缈,宕入清幽。诧惊鸿翩起,旋影落桐秋。幻风移、琼楼琦采,转几场、桃李故香丘。唯怜惜、冷宫幽女,魂待谁收。

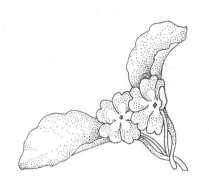

望海潮

外滩漫步

东方红日,喧腾跳跃,申城焕发容光。行步外滩,妖娆岸线,微澜溅朵浪浪。钟曲震廊坊,泛光照华厦,罗列辉煌。巍塔明珠,隔江峻宇影幢幢。 曾经十里洋场。看沧桑踝蹊,步履徊惶。圆月婉升,依然眷恋,情人昔日堤墙。兴起趁春阳。四十而不惑,重谱琦章。雷响初心不忘,催绽玉兰香。

注:2018年获青松城上海市老干部大学"见证我与改革开放四十年"诗词荟萃奖。

沁园春

秋

雁列长天，绛叶霜重，锦菊醉人。叹蓬松金草，枯荣岁月，馥馨银桂，举落香痕。藕梗浮汀，蝉歌萦枕，记得兰舟采绿莼。吹箫日，看红妍正敛，秋意黄昏。　芦花扮雪缤纷，弱不禁绢衣凉袭身。却风清气爽，鹤音掠树，星明穿碧，蝈唱追云。白露侵梨，黑醪卧枣，香越千寻熟稻垠。开镰日，看金珠绽穗，秋意方醇。

仄韵格

如梦令

湘妃竹

风送笛声如诉，一段苍梧离绪。摇曳碧成空，挥洒满江凄雨。无数，无数，斑驳紫衣狂舞。

牡　丹

四月东君宣旨，叱令纷陈红紫。移步觅天香，谁领满园娇媚。如醉，如醉，花富洛阳情味。

雨　水

散了轻愁还聚，雾锁东风成雨。窗下水仙听，窃窃燕巢私语。谁去，谁去，看那玉兰新吐？

腊　梅

几日寒流新冻，雕琢玲珑冰种。试想月中姝，已破雾迷霜拢。花梦，花梦，梦里暖风已动。

自语集

正月梅花

雨水雪融冰洞,花月宫商谁弄?远陌送清芬,妆淡愈添人宠。春梦,春梦,游荡仙乡梅陇。

吹雪万秾千捧,梅笛春风催送。时雨漫新寒,花语对人谁懂?休懂,休懂,醉酒一盅西风。

绿堆红积

三月暖风来袭,梅叶柳枝争碧。无意问春浓,只在案头寻觅。收拾,收拾,诗箧绿堆红积。

炒春韭

菜市提篮游逗,春色独钟青韭。镬起味匀前,瘦了一盘清秀。咸否?咸否?已是舌伸眉皱。

茶菊

已得秋光妍淑,田野露餐风宿。沸世浴冰心,壶里悟禅蚨读。茶菊,茶菊,馥郁明黄清绿。

天仙子

雪

疑是落花声簌簌,一床天外仙英褥。晶莹竹叶皓松林,风踯躅,腊梅馥,今夜守灯温漱玉。

水 仙

映水嚼芳身浣碧,捧心仙子天雕饰。谁今泽国笼香魂,清净域,待幽客,来听凌波轻叹息。

白牡丹

栖凤角亭风满径,月升今夕花似醒。侵寒抱碧九阶净,鸣玉磬,素标定,拥入白云无敕令。

自语集

醉花间

茶话桂树林

花间醉,座间醉,抬望风前桂。茶色骤添金,剥栗消闲对。 枝摇闻折脆,些许琳琅坠。奇芬染一身,今夜香弥被。

泡桐树开花了

风中忆,梦中忆,揉紫匀霞色。仙树荡心旌,醉了听花客。 君家如有笛,伴舞扬裙褶。携卿化作云,同与春光织。

腊梅花前

儿时忆,少时忆,长忆花间立。寒峭透明黄,二月春风笛。 飞花休叹息,拾取遗香迹。诗囊绣帕中,最是销魂色。

西府海棠

风声杳,雨声杳,花梦如烟渺。垂缕几娇羞,碧树回青鸟。 相思因俏貌,莫教春风老。缤纷寄管笺,卿自无烦恼。

醉花间

清明雨

朝行雨,暮行雨,都去花深处。银菊泣清明,一束添愁绪。 松风沾柳絮,湿了虔香否?今宵愿梦游,云散仙人遇。

重 阳

重阳近,菊香近。鸿雁传秋信。簪树木芙蓉,露白寒侵润。 弄琴兰指运,唱旧从前韵。莲心煮桂圆,清补柔方寸。

油菜花

桃花色,杏花色,三月春风袭。田际涌金黄,瑰景斑斓织。 吹来香气息,直教薰氛逼。行歌正醉人,遗落诗魂魄。

拖鞋兰

花思寐,叶思寐,珠履成奇卉。舒瓣吐真妍,粉蕊含香味。 仙姬藏玉趾,梦蝶栖如醉。凡间几寸缘,已约金莲会。

花是那年浓

思如忆,梦如忆,如忆香痕迹。花是那年浓,倚慕吹横笛。　疏帘凉月夕,共语流云碧。庭前桂子生,寒玉青娥立。

蟹爪兰

听心曲,读心曲,兰指投枚玉。垂下绿搔头,点起红明烛。　低帘分蟹足,巧设仙人局。痴人说喜欢,鸿运声名馥。

花朝已春半

怜春半,惜春半,春半花朝暖。风雨昨飘摇,一地芳华乱。　吟哦青玉案,息叹声声慢。无人葬落花,布谷声凄婉。

醉花间

木本海棠

风过处,雨过处,青树花如素。朱蕾荡垂丝,俏色分和聚。 莺歌犹自语,会有潘郎娶。春阳烂漫时,妆点香枝否?

石 蒜

公园散步,偶见石蒜盛开。此花秋分前后开花,又称彼岸花。人言它,花开一千年,花叶永不见。梵语说,情不为因果,缘注定生死。想来有些凄然。

花相忆,叶相忆,相忆千年寂。秋露挂吴钩,细蕊娇张翕。 流霞人独立,彼岸今谁国?因缘注定先,幽笛何须急。

自 语 集

点绛唇

檀香橄榄

茶是梅家,绿浮春色玲珑碗。一枚青卵,嚼得檀香散。
涩尽甘来,正似人生漫。滋味隽,读诗书案,窗外梨花灿。

小 暑

暑有嘉荫,骄阳溽气如山虎。炙云吞吐,依旧凌霄树。
隔页窗棂,凉意宜人处。犹自语,米仁新煮,绿豆加糖否?

一点凝红寄夏荷

一点凝红,总将花月春留住。几分情愫,玉指抚筝柱。
君子如期,香满蒸人暑。婷婷处,绿蜓私语,道破天机去。

点绛唇

水蜜桃

似捧琼珠,半堆茜雪催红雨。玉含冰露,十五婵娟慕。乍破仙浆,甘醴芬芳注。蓬岛路,漫寻桃坞,可有千年树?

霜 菊

黄菊青枝,半栏秋色看分聚。暖阳铺处,次第幽香布。想那西风,已乱疏篱序。堪楚楚,几番霜雨,泥锦斑斓路。

采樱桃

扑面柔风,梢头万点丹珠散。翘指轻绾,摘得提篮满。绛启檀唇,玉液甜浆绽。轻摇得,一树红颤,零落缤纷乱。

自语集

霜天晓角

采芦

重阳紫陌,采撷绢鞋湿。惊了野塘闲鹭,翩翩起、纷纷立。风摇千竿碧,雨云烟岫色。掸尽俗家尘土,尚且是、观音适。

霜降

秋虫湿叶,怨阒愁浓烈。何处肃霜侵透,琳琅玉、梢头叠。红枫眠书页,梦思移蛱蝶。谁教寄言传意,从来是、聪明叶。

寒露

季秋寒露,风过萧萧树。休数倦黄消绿,怕只见、空枝举。闭窗听夜雨,灯前愁万缕。寻觅绣词骈句,明明是、伤心语。

霜天晓角

冬 至

隆冬已至,难得阳光丽。闲嗑菊香瓜子,云间事、无暇议。比参萝卜脍,煮羊烹酱味。杯里应为尤物,善酿酒、休相兑。

晚 菊

几宵冷雨,落尽花丝缕。黄叶正添愁怨,籓篱诉、相思句。慕君从雅赋,覆霜添意趣。何忍暮寒如剑,分玉屑、风前舞。

野草(题画)

离离野草,几度风吹老。霜晚忍看衰叶,诚然是、秋容貌。游梦春水笑,柳枝萌豆早。听得雁音回转,绿岸是、江南好。

自语集

卜算子

登上海环球中心

霎那越凌霄,偷药嫦娥效。俯瞰车流似蚁行,一览明珠小。 云过细风摇,透底心狂跳。疑在蟾宫觅桂香,回首阳光闹。

注:此阕入选上海市纪念浦东开发开放二十五周年主题书法展《笔歌墨舞》作品集。

银杏树

遥望诉相思,眷侣仙家杏。细扇玲珑千叶金,寂寞霜天冷。 连理梦无酬,苦果零秋径。鹊鸟何时筑爱桥,唤起朝朝咏。

杭白菊

寒露写清秋,访菊金风路。淡抹三分西子妆,雪瓣黄蜂数。 无意伴疏篱,花叶分香篓。洗涤芳魂在玉壶,一片冰心语。

卜算子

自 叹

常读易安词,也做文章秀。一日明眸失采风,因晓黄花瘦。 对面影朦胧,走笔描蝌蚪。幸有千年锦绣诗,相伴花间逗。

咏 兰

家有兰花,夏日初放。碧玉素心,神仙衣裳。清幽之气,漫漫一堂。村言俗语,难述其芳。

疏影半淹盆,兰草萎些许。一袭青纱举若翩,帘动香丝缕。 绿袖醉吴宫,碧钿馨如素。越国乡愁浣女魂,摇叶倾心语。

丁酉中秋

寒月近中秋,露湿苍苔井。因念姮娥种桂花,碧树流云影。 白日灼如蒸,夜梦飞花醒。已惯炎凉酩酊盅,沾袖蟾宫冷。

扫墓有感

倚枕梦姑苏,三月尧峰路。柳絮依依寄素衣,诉说梅花雨。 清泪落碑前,白菊偎坟土。先祖遥遥羽鹤间,犹嘱谆谆语。

注:余自小跟随祖母长大,未及好好尽孝。掬土坟前,泪雨如注。

三寸金莲

游甪直小镇,巷列货摊,古玩杂件尽罗其间。见一绣鞋,未盈三寸,尖巧可爱。觅其绣工图案均十分精致。鞋底荷花莲藕,鞋面凤凰衔珠,思其主人应是一纤弱女子。鞋里因日久显旧,犹有沉积斑痕。缠足女子定受尽辛酸苦楚,不由黯然心痛。小词念之。

三寸绣金莲,裙底纤纤月。及地荷花踏碎红,谁在深闺咽? 雪帛裹天纯,柔骨何堪折。古镇残星杜宇声,饮泣成殷血。

感冒

阴雨荡残梅,频拭风寒涕。两耳充闻急鼓声,旨令昏昏睡。 疏骨若逢锥,宵咳牵心肺。搬指春分有几天?只待阳光惠。

忆秦娥

黛玉焚稿

风声咽,寒窗竹影帘裁月。帘裁月,谁教旧字,呕成新血? 怡红喜字绯春靥,潇湘泪烛歔诗帕。歔诗帕,青炉蝶化,薄衿如雪。

声如钟

了前衷,不由天命当黉童。当黉童,徜徉古粹,感启鸿蒙。 宋词绵延唐诗浓,华堂授课声如钟。声如钟,青松不老,岁岁枫红。

注:顾汉松教授,知识渊博,风度儒雅,板书精湛。有良师,学生幸哉!

听歌《暗香》

谁在哭?歌飞泪似倾珠斛。倾珠斛,纷尘何处,落花归宿? 风吟正是伤心曲,玉箫已破春华屋。春华屋,暗香犹在,堆红幽覆。

山茶花

堆碧叶,浓珊血珀红香窟。红香窟,冬妆初理,雅霜安抹? 梦春采蜜山间蝶,寒侵腊蕊冰晶裂。冰晶裂,慕卿花艳,沐风迎雪。

烛影摇红

夜 梦

永夜沉沉入梦来,白雾摇、屏山远。朦胧先祖鹤云归,依旧慈眉善。　　缭绕炉香聚散,似余音、叮咛续断。一窗冬雨,去矣仙容,知耶携伞?

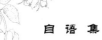

自语集

醉花阴

桂 花

一路循香花草径,风过花枝冷。此处漫花情,花气侵人,花语催人应。 桂阳唤暖知花性,酩酊花前醒?花好月圆时,梦里飞花,花映飞天镜。

夏日最后的玫瑰(题画)

夏日销熔花已瘦,留有霞光逗。白露结香寥,几度红消,秋雨淋漓透。 青枝曾是娇时候,挂一丝衣袖。眷意与斯情,来世今宵,隽永浓馨后。

醉花阴

近海农家乐

寻乐农家宜赶早,濒海烟波渺。垛石压平涛,接燕浮云,碧苇摇红蓼。 收镰刈稻秋光好,棚满南瓜倒。遇见喜羊羊,慌了顽童,乱捧青青草。

长在田间皆是宝,野菜香菇俏。勤种富农家,隔灶炊烟,忙煞围裙嫂。 揭竿提篓肥螯钓,悬饵沉蘩藻。新橘叠枝头,翠绿金黄,早已闻香饱。

轻愁无端种

菊驻疏篱香慢送,坠叶秋风弄。压卷点珠玑,数落啼痕,心事云听懂? 轻愁寞寞无端种,吟罢空杯捧。梦里海棠魂,留在红楼,独守颦儿宠。

自语集

木兰花

呈李忠利先生

寄书鸿雁如歌至,犹唱秋风篱上意。昨宵唐韵雪花飘,今日春风吹巷底。 神灵指绘穿花翅,锦绣心存纷扰事。暖情燃朵木兰花,同在夕阳诗里醉。

  注:李忠利先生赠我一本《木兰花》诗集,感人至深。回赠一阕《木兰花》,以表心意。

鹊桥仙

绮云绕月

绮云绕月,粉蔷凝露。鸾结算来几度?今生前世约相逢,纵然是、风霜无数。 青丝点雪,蕙心若洗,秋水净如缟素。朝朝暮暮喜同行,曾记否、西湖漫步?

凤仙花

花开七月,凤仙嬉蝶,偷了春风桃叶。惯娇碧果及笄时,惹不慎、蛮弹珠屑。 暗分玉骨,采香数朵,休管露沾绣袜。未甘十指素纤纤,染它个、红英艳夺。

注:凤仙花,别名指甲花、小桃红、急性子、透骨草。花色多见玫红,花瓣揉碎后可染,叶呈披针形类桃叶,蒴果成熟后,易开裂,轻触即爆弹出珠状花籽。

自语集

七夕银河

银河今夕,流星坠泪,一片彩云湿透。相思夜夜织无休。怕误了、郎衣新绣。　梭房昨月,映心沐雪,守着灯儿如豆。梦中鹊鸟筑飞虹,怕误了、缠绵时候。

乞 巧

菊茶消夏,鸣蝉稍歇,云过时晴时雨。问声今日是何期?未听得、荷风花语。　如今乞巧,女红谁晓,线脑针头何处?天仙修貌不修勤,说销品、新潮淑女。

踏莎行

六月雪

夏日枝丛,绵绵覆雪,冰凌积翠称奇绝。白云深处有悲声,绿涛碎了寒宫月。　几处凄蝉,吟歌似喧,窦娥故事花传说。玉箫银笛绕梨园,芳菲六月千千阕。

　　注:观公园白花如雪覆盖灌木,花名曰"六月雪"。耳畔似有悲歌起。

雪 茧

魂系青桑,孜孜未倦,缠绵国里祈心愿。春眠不觉梦思甜,沙沙吟颂声声慢。　麦簇如山,楼身委婉,千丝回转椒房眷。雪娇拥暖恁玲珑,晶蛾一剪蓝天灿。

大 寒

浓雾阴沉,大寒悄度,晚冬犹梦冰晶树。云间消息蓦传馨,俏枝约约穿霾幕。　销得梅魂,簪耶绢素,相思底事终迟误。西风不懂抚筝弦,雪花寞寞犹自舞。

秋海棠

寒翼吟蛩,枯桐飘屑,可将秋意藏诗帕?侬今点墨歇何处,海棠花满盆如月。　映者清光,叠耶粉雪,霜留几日明妍靥。听风亦是断肠声,音书已罄名伶血。

浓杏枝摇

浓杏枝摇,粉烟漫道,天真岂止墙头俏?花无远虑不知愁,但求闹极今番好。　遍读千红,旧思新绕,春风吹尽侬今老,怕添潇雨落英纷,幽词怎向花前告?

花是山里好

秀域青峰,太湖碧水,庄田钟鼓神灵地。棲舲棚屋挂丝萝,流塘浮鸭嬉青苇。　茜草移芳,野花点翠,缤纷洒向幽深里。蓬山好梦纵千回,何如相约看秋芝?

踏莎行

母校市三女中一百二十五周年庆

林叶红疏,校园绿遍,艳阳染醉霜秋面。礼堂如梦彩琉璃,莺歌燕舞春潮漩。 跑道阴浓,荷花池浅,时光流逝初心眷。黉门气象焕天天,凤巢拥爱千千啭。

家(题画)

春夏秋冬,风霜雨雪,人如零叶飞花蝶。征程万里雁还巢,梦中思念温柔窟。 岁月沧桑,江湖蹀躞,人间冷暖千丝结。煦和庭院步兰陔,归来自有清歌阕。

自语集

折红英

雨后桂

连霄雨,怜花树。粉英稍落泠珠露。香魂逝,东君意?乱云时变,万千晶蕊,碎,碎,碎。 曾如许,今争赴。昨留清梦缠绵处。纷纷坠,潸潸泪。诔文温酒,杂陈滋味,醉,醉,醉。

铁线篆——纪念高式熊老

红泥印,青霜刃。巨擘烟去追天问。闻鹤籁,游冥海。线镂金石,铁成风采,在,在,在。 琴书润,冰心蕴。翰林承训弥方寸。西泠界,浦江外。功崇帷志,篆家螭鼐,拜!拜!拜!

注 高老去了。高式熊老先生,篆刻名家。曾为外子治一印章,尤为珍贵。

蝶恋花

雨后寻桂

绿影重重重几许？梦里寻芳，不见繁花著。昨夜冷风吹冷雨，缤纷小径琼珠赴。　曾是熏熏浓一树。十里飘摇，最教秋阳妒。富贵浮华今入土，香魂不在芬如素。

重 阳

窗外重阳熏桂树。鬓染芬芳，休管秋霜驻。轻拢菊花如栩栩，瓷瓶注水茸根处。　一桌书香诗与赋。盘里松糕，红绿丝分布。紫笋入壶和梦煮，神怡胜似登高否？

簪菊拈兰同到老

笼月烟云河汉渺。已远春山，曾是梅如缟。相印三潭秦晋好，花朝月夕知多少。　镜映鬓丝君莫笑。吟遍韶华，诗有飞红俏。簪菊拈兰同到老，牵衣梦里苏堤晓。

　　注：夫唱妇随，四十有年。诗情画意，举案并肩。西湖蜜月，历历眼前。岁月蹉跎，衣袂相牵。

自语集

断桥遗梦（题画）

莺啭麦肥时谷雨。荒岸危桥，茅草蓬如竖。潮涨绿湾春水注，何来鹊鸟相携渡。　风雪任情犹弄斧。旧木新枯，谁念蓝桥杵。昔日牛郎遗梦处，曾留织女缠绵步。

蝴蝶湾看花翅乱

几度晴明青柳岸。木叶栏杆，国色琼枝满。蝴蝶湾看花翅乱，天香苑惹榴裙转。　长短句难调眷恋。些许轻愁，时雨弹红溅？铁骨柔肠无所惮，洛城丝语春风漫。

记得那时梅

记得那时梅下坐。神走魂销，难把诗吟妥。横笛余音娇憨做，薄寒锁雾香云卧。　想是这厢晶玉朵。漫漫依然，一树清芬簸。二月春风行了么？洋洋洒洒枝头过。

琼花树下（题画）

依旧那株花树下。拥了青枝，簇玉迷初夏。拈指繁英相叙话，已随梦境烟云化。　摇曳风中持素雅。碎了琼瑶，银蝶今谁惹。未使缤纷先入画，纷飞一地争无那。

蝶恋花

访黄润苏教授

诗话澹园优雅起。仰慕吟坛,复旦名师第。帧墨明堂书卷荟,水仙清逸灵心寄。　牵手纤柔情意递。拜谒先生,春暖嘘桃李。报汇文章珍旖旎,恰如教授和颜绮。

芦荡飞花(题画)

揾彩挥毫涂野草。飞雪琼英,秋色斜阳照。吹管千枝高古调,蓬茸万种烟云绕。　魂走淖泥花缥缈。掠海鲸风,入荡柔声啸。因画知情天不老,长空翎雁听呼哨。

端午故事

彩线银针缝细细。端午香囊,蘅芷拢香气。去病除邪揣夹里,奴家一点怜心意。　酒点雄黄沾袖醉。六魄三魂,幻入烟云际。天赐良缘终不弃,返真露出卿娇媚。

荷影

湖里未曾生紫芝。花有香芬,绿叶明新翠。飘去浮萍波旖旎,去年荷影诗吟几?　拂面薇风争欲醉。昨夜星辰,淡了愁滋味。明月如霜心若水,旧词忆起蛙声未?

121

露从今夜白

檐滴成帘无尽水。一任潇潇,秋雨催花坠。种藕池塘莲叶悴,粉红零落非为醉。　那树芭蕉明若洗。换了新袍,翠色添凉意。冷露白从今夜起,清箫对菊相思季。

怜 菊

压卷沉思香绕案。纱袖吹凉,只付秋风判。提笔清新描委婉,湿勾晕点黄丝瓣。　嫩蕊篱前矜未展。碧叶摇摇,也作娇妍扮。冷露曾经如泪潸,栏杆倚处诗吟遍。

绣球花树

四月晴光围绿树。妩媚丰盈,青鸟迂回处。银月浮云邀起舞,雪鸥碧海临分聚。　依旧娟娟花栩栩。绰约琼枝,往昔清溪女。穿蝶引思人缟素,风移游絮春迟暮。

再写蝴蝶兰

凤尾瑶琴风月弄。蝴蝶簪枝,紫雾如云湧。相对捧茶君与共,袅烟缥缈浮生梦。　迷笛流音穿玉孔。不说庄生,粉翼依然耸。休使花魂寒地冻,还将娇媚心田种。

蝶 恋 花

垂丝海棠

丝缕垂悬珠样蕾。梅韵梨魂,换得春光醉。微雨初收新放霁,一枝窈窕胭脂递。　尤物应承天护慰。已令东君,独会娇羞意。欲抱琼箫花入寐,清宵梦里丹霞起。

辞旧迎新

银杏金黄枫叶绛。秋去冬来,正把春天望。黄犬雄鸡轮换唱,蒸糕煮饺欢声朗。　额上添纹呈福象。岁暮新猷,甜酒从头酿。写幅红联心敞亮,旗袍穿出新花样。

洁白瓶花(题画)

裁片月光分旖旎。借得凉凉,装饰晶瓶水。一捧销魂清郁寄,几支窈窕含泠翠。　清雅素妆真富贵。迷惑些些,阿有馨香味?偏是丹青怜淑气,笔端似有霞升起。

橙色蟹爪兰（题画）

魂倚幽兰脂粉坠。五月金阳，唤醒昏昏寐。偏染朱橙生另类，仙人指处花舒未？　端得嫩茎芒刺缀。蟹爪娇蛮，一任芳华蔚。香草紫泥扶翡翠，缤纷入夏帘风醉。

蝴蝶酥

图染彩衣呼欲动。美丽包装，犹把甜馨送。舞袖从来花蕊宠，化成酥软芬芳捧。　记得楼台山伯痛。蝴蝶庄生，迷失清宵梦。今世无须遗恨种，几多欢悦倾怀拥。

苏幕遮

清明祭祖母

絮飞天,花落地。纸祭清明,叶垫青团翠。露湿松坟洇素袂。先祖魂游,长念蓬山外。　扫清茔,追远思。笑貌音容,梦里依稀记。白发飘摇扶杖倚。咫尺墟遥,觉枕涟涟泪。

　　注:祖母早逝,音容未敢忘。

立　秋

立秋天,蝉絮语。一夏知音,碧柳垂丝缕。彩笔新描吹笛女。轻埘鸣弦,疑是神仙侣。　捕蓣风,荷叶舞。聆曲蜻蜓,试点盈盈步。塘映云裳筝欲诉。似水宫商,漫过花墙去。

处　暑

雨知秋,今处暑。簟枕偏凉,锦盒黄蛉语。十里菱塘花好否?想是荷风,翡翠莲蓬举。　晒书笺,巡旧句。香垒窗台,兰叶依然素。拈炷沉檀烟散聚。梦里中元,约约河灯去。

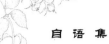

清 明

采黄芦,扶紫蕙。烟雨清明,棠叶初萌翠。浮梗游萍横碧水。照影楼台,梁祝曾相会? 泪青茎,堆素卉。何处书声,争使梅英悴。说耳留痕花梦碎。兄是呆鹅,玉扇空摇坠。

牡丹思绪

仲春天,芳草地。玉苑琼棲,国色花神会。微雨疏帘沉梦里。洇湿霓裳,扶叶含烟翠。 故乡遥,云水际。淡月如沙,剑阁闻铃唳。谁记当年生女贵。绡泪香涓,总是红颜罪。

紫砂壶

古龙窑,丁蜀镇。吞吐氤氲,揉捏成温润。竹露松风催紫笋。雅士相邀,壶看提梁俊。 一团泥,千种韵。斟出香云,醉了侬方寸。弱水半瓢魂已遁。翠叶浮时,味有山光嫩。

注:2017年,幸获"陶都杯"宜兴紫砂诗词大赛优秀奖。2019年,被北京西山诗社评为中国当代好诗词,选刻紫砂诗壶,收入北京紫砂壶档案馆。

苏幕遮

秋 风

北桦林，南雁队。谁把飞霞，装点成精粹？桐叶年年消息递。穿竹哨音，吹起黄花蕊。　　过菱塘，吟荻蕙。记取银鸥，游梦云间会。疑是蟾宫飘月桂。花醉氤氲，迷失缤纷坠。

秋 雨

梦侵凉，檐滴雨。湿了窗棂，花影今晨去。絮絮蛩声萦肠句。瘦了芭蕉，恰是秋分绪。　　篆香撩，书屋聚。疏了闲情，犹记听花语。寞寞铜螭眠尺素。润了砚田，由笔徘徊步。

山里秋深（题画）

朵明黄，枝暗绿。山里人家，爱种东篱菊。落叶频飞临草屋。寂寞柴门，一夜金光宿。　　寄柔毫，酣锦幅。只为乡愁，梦里深情读。记得新棉翻被褥。装满阳光，收起余香馥。

127

十月芙蓉

踏晴光,撩草荠。携手齐肩,寻觅林间卉。十月芙蓉脂粉队。舞在金风,如是扶摇醉。　慕春山,酬露水。谢了红黄,还有芭蕉翠。敷得寒霜花正媚。云影飘浮,几片焦香坠。

锦溪陈妃冢

锦溪湖,妃子冢。碧岛如珠,倩鸟柔波捧。芦叶风声萦旧梦。摇草吹花,寒曲残蛩送。　雁翎惊,君泪纵。殒了香魂,羽箭怀中痛。天水沉浮矜若宠。翠拥晴芳,古镇云烟动。

霜　降

淡云飞,浓叶灿。霜降稍稍,虫语声声慢。午后阳光娇懒惯。回梦离离,捧起青花盏。　栗仁坚,松饼软。茶色莹莹,叶若红袍炫。昨夜诗文调理半。思念些些,黄菊清香瓣。

苏幕遮

度重阳

木香棚，含笑树。沾露芹泥，落叶飘零处。晨起丹田元气贮。云手摩天，揽雀分青雾。　意浮游，神漫步。草径行吟，已是霜秋句。记起重阳今又是。蒸得松糕，和梦芬芳唔。

小寒蜡梅

小寒天，绵冻雨。浸湿林梢，贴叶凄惶路。黄蜡眉颦愁几处。心若琉璃，点滴玲珑著。　梦初回，思独语。伫读清新，沁骨萦怀素。拥冷犹将春日数。酬得花枝，笺满噙香句。

味道（题画）

梦蓝天，思碧树。记得江南，烟柳桃花坞。记得添薪葱炝釜。菜饭咸香，灶洞煨红薯。　酱油烹，腌卤煮。总是围裙，慈爱腰间住。味道相随山水路。心底唇边，吟出乡愁句。

岭上人家（题画）

野蜂坡，芳卉曼。风过轻尘，梁燕声如串。一树樱花睁俏眼。璀璨时光，小院春风转。　旧篱迁，新瓦换。岭上人家，檐下椒和蒜。红艳门联春样暖。新粉山墙，最教阳光眷。

春风结香

径通幽，花映蔚。二月春风，唤醒清芳卉。独拥禅心黄素蕊。香结凡缘，新沐天恩霈。　杏枝繁，棠萼媚。叠翠池边，谁见流光醉。宛若惊鸿听浣水。既绾青丝，嫁与东君未？

邂逅木香

仲春天，分柳絮。云羽漂浮，偏向花墙去。茵碧青藤晴雪聚。一架馨风，曾约黄蜂叙。　算因缘，逢旧墅。如梦如痴，如画如烟缕。有女当年眉黛素。独抱幽氛，悄立诗无句。

苏幕遮

开到荼蘼花事了

梦言乎,花事了?开罢荼蘼,风过商弦绕。吹落风流千瓣杳。寂寞春箫,袅袅成诗稿。　过烟尘,空树杪。侵染瞳寒,澄魄留谁扫。倩我微吟明月皎。最是离愁,已累情多少?

蔷　薇

粉蔷薇,浓立夏。朝露清泠,妆罢烟霞挂。五月绣衣堆上架。难舍难分,姐妹纷纷嫁。　赋春魂,辞舞榭。袖底香风,乱叶吹如画。蝶翼煽情多沾惹。诗话私房,拈韵生娴雅。

今天是夫妻日

享清闲,行绿苑。草色如烟,夹竹桃花漫。梦里长留春璀璨。五月晴光,已暖溪塘岸。　笑纹添,扶膝软。记得当年,飘袂轻如燕。老去梅英君莫叹。尘履蹒跚,犹是神仙伴。

秋 意

案前书,窗外雨。滚过奔雷,淋透彷徨树。垂叶枝条蝉不语。高处犹寒,心曲含凄楚。　近中秋,离处暑。霁色晴光,草上凝晶露。凉了蘋风伤逝句。休写残塘,狼藉花无数。

解佩令

看《西厢》尘埃落定

垂阳薄暮,禅钟香雾。菊篱东、红衣传疏。一卷《西厢》,读断肠、女儿私语。角门儿、也曾梦付。　　寒砧几度?秋鸿几度?断莺弦、萧墙愁伫。泪湿长亭,伴雨听、求凰声去,任余音、落尘旧墅。

自语集

青玉案

千灯行

春风三月千灯驻,石板巷、逢仙姥。遥指花墙原姓顾,旧梁雕木,墨云分付,醒世言金铸。　访寻朱户姗姗步,未遇琦窗看梅处。风雨残香都几许?远枝疏影,相思在坞,化作诗中语。

暮春

蘋风不识蓬莱路,鸟自引、缤纷处。梦里芳魂依柳驻,云浮环袂,珠眠燕户,琼枝馨如素。　惜花女子哀春暮,寻径应随笛声去。阵阵吹飞香几许。夭桃争叶,碧塘升雾,簌簌繁花雨。

元宵感怀

银河星坠琉璃树,撒不尽、晶莹雨。笑语人间天上路,伢童频指,红绸腰鼓,七彩狮龙舞。　韶光花月如烟缕,梦里天天兔灯去。爆竹绡衣飞几度。谜猜新意,眷情犹驻,往昔笙箫处。

青玉案

秋 林

梧桐叶满霜泥路,瑟风起、浓愁处。一夜琼林憔悴否?坠黄飞碧,彷徨欲舞,酩酊红枫树。　斜阳晚菊迟迟暮,俯拾林花有吟句。捉袂提裾轻点步。回身犹恐,落英如雨,引凤箫声去。

悼广醴女史

梦中叹息琳琅树,一夜猝、花如雨。寻觅徘徊山鬼路,银箫吹遍,菖蒲低语,雪袂随风舞。　秋来霁月云如缕,寂寞嫦娥唤将去。唔暖寒宫相伴度。安知诗会,诔文倾诉,落叶纷纷处。

纪念杜甫

经书夜读灯无语,梦茅屋、秋风怒。倚杖呼天寒士伫,充闻皆是,妇啼何苦,怨懑谁听诉?　千年锦绣浓华处,重谒青山草堂赋。掷向人间诗响否?一襟清泪,浣花湿露,满目湘江雨。

再写西泠

断桥纷雨湖滨路,借伞客、辞舟去。步入书香凝碧处,泠泠荷叶,垂垂古树,翡翠池塘聚。 谁将章谱铿锵予?琢玉雕龙篆烟舞。瘦石苍苔遗印斧。寸方天地,淋漓呓语,风过重重绪。

飞霞夕照
——读丽波居士宋连库先生著作《夕照飞霞》有感

飞霞夕照繁华路,止不住、前行步。剪烛晨昏琴瑟赋,丝穿珠韵,莺啼香树,墨醉黉天露。 梨园竹笛银箫语,犹化清风淡云诉。皓首彤颜诚若素。一场烟梦,桑榆花满,书贵真情处。

注:宋连库先生是一位学识渊博的老艺术家,著有《黉天墨韵》《夕照飞霞》,其诗词墨宝,散文随笔,无不精彩。

青玉案

端午绣香囊

别裁锦缎稍安妥,五色线、将春锁。浓淡梅桃分几朵,薰持陈郁,艾留新卧,醉点雄黄么? 飞花立夏匆匆过,祛火除邪女红课。绣个香囊思念裹。同心联结,流苏婀娜,此意知些个?

朱家角有处和心园

潇潇洇湿青砖路,那一阵、黄梅雨。赚得参差花伞舞。放生桥外,逢人指处,蹊径通新墅。 八方茵树成仙圃,四世珍玩抚今古。羽鹤双亭神眷住?翠池莲影,绣球簪露,苔滑蹒跚步。

朝如青丝暮成雪

飞黄秋圃林花舞,问晚菊、衰些许?久负妆台菱镜抚,谁将霜雪,鬓丝分付,曾几青春去? 那年梳辫麻花股,豆蔻风华茂如树。兰草纱裙堪楚楚。绿云消损,翠烟沉暮,幸与书香处。

137

自语集

桃林路

浦东有处桃林路，递春讯、萌春树。记得曾年飞柳絮，粉葩熙攘，晴光媚妩，广厦霓虹渡。　今番事扰心如煮，青鸟敲窗指芳圃。祭过清明花好否？红云还在，源深香坞，约约风传语。

　　注：此阕入选上海市纪念浦东开发开放二十五周年主题书法展《笔歌墨舞》作品集。

参观电影博览馆

围城光影辉屏处，踏红毯、循星步。漫漫一江春水渡，悠扬声里，提琴倾诉，银幕峥嵘路。　悲天恸地天涯女，碧血旗旌大风举。冷暖情牵千万户。今成金爵，新功旧谱，堪读先人序。

海关钟楼

浦江波月连东海。逐岸浪、迷灯彩。造访关楼虚左待，铁梯回转，扶风登迈，气急心澎湃。　巨钟镌刻沉青黛，雄曲东方焕风采。颂祷黎元康而泰。华亭城野，洪鸣晴外，世史铭千代。

青玉案

观俄罗斯芭蕾舞剧《胡桃夹子》

晶花闪烁迎新树,乐四起、升仙雾。雪羽云衣娇俏女,梦牵顽偶,勇擒硕鼠,携侣盈盈舞。 入神幻化飞旋步,溢彩伶仃足尖处。号管弓弦交响赋。饼干城堡,蜜甘糖果,只把胡桃误。

注:圣诞舞会之际,胡桃夹子在少女梦中变成王子,勇斗顽鼠,游果酱王国,欢舞在饼干城堡,全然忘了夹子的使命矣!

读四行仓库历史

满城悲泣黄梅雨,七十载、从头悟。往事诚非湮灭去、史今重现,四行仓库,血色黎明渡。 倭旗膏药横封路,河畔鏖兵战歌怒。八百英豪争寸土。忠魂遗冢,野花湿露,伤断青松树。

愚园路

绿阴依旧愚园路,弄堂里、名人寓。绕阁琴音犹似诉,年年春日,蔷薇院落,摇叶飞黄絮。 墙牵藤蔓凭窗覆,壶溢咖啡焙浓煮。唱片留声如梦语。昔时行道,潇潇绵雨,不尽梧桐树。

注:唱片指老式黑胶唱片。

五斗橱

老家一棵沧桑树,置五斗、衣寒暑。快乐忧愁担几许,泛黄书信,陈年账簿,粮票遭虫蛀。 那年挟令豪言怒,倒柜翻箱谎天谕。抽屉倾巢横又竖。烟迷余悸,梦回无数,都在橱中贮。

安度重阳

隔窗霜叶红深浅,似图案、秋风剪。石砚绵宣陈桌半,几支黄菊,瓶中悄展,细把虫声辨。 桂花温酒重阳暖,玫瑰松糕异香满。危岭怕登因膝软。且当书蠹,旧文新盥,耳际笙歌漫。

深 秋

深秋桐木悬零叶,彻夜雨、芳菲歇。索索衣襟吹瘦贴,红枫摇处霜枝乱叠,堪比春花蝶。 流云乍过惊鸿瞥。记得三山采新橘。记得杭城迎桂月。而今携手,篱前躞蹀,鬓发争如雪。

青玉案

晚秋枫树

晚秋枫树侵醇露,半似醉、红如许。一缕游丝伴自语,天成繁茂,聪颖先鬻,早蕴三春坞。 烟霞去梦蹉跎路,霜叶琅琅沐风雨。向暮琼林花亦妒。洞箫行处,落英起舞,慕尔襟怀素。

立冬天气

立冬天气回春暖,恰疑似、黄梅转。落叶庭前洇湿软,黄焦红暗,乱铺深浅,如织斑斓缎。 煮红菊普香弥散,窗畔盆兰叶梢绾。枕上涂鸦诗稿半。一秋思绪,几分慵懒,梦里听弦管。

飘然落叶

飘然落叶愁离索,正收拾、秋魂魄。入夜潇潇听雨脚,缠绵凄恻,冥间鼓乐,沿滴穷枝寞。 昨宵梦里春花诺,夏月蘋风藕塘约。待到重阳银杏烁,明明青碧,姗姗漂泊,已是伤斑驳。

丙申除夕

霜枝临晚分霞雾,话除夕、今安度。暖阁新题兰蕙句,春风词笔,可曾倾吐,淋墨疏狂语。 素梅默默屏前伫,羡慕丰神羽仙舞。洒落零星花几许。凤音高亢,轩昂起步,正赴司晨处。

踏春

沾泥霜草新萌翠,玉兰树、初葩醉。映在蓝天云水际,绿围蹊径,结香丰蔚,疏朗黄花缀。 牡丹亭畔春思寄,梦里依然洛阳睡。听得行鸢哨响未?暖风吹过,残梅惊坠,许是芳魂累?

宝哥哥走了——悼念越剧先辈徐玉兰先生

白帏素烛今谁唱?哭灵曲、空留响。议起红楼诚怆怆,儒生文雅,凤鸣高亢,气宇存豪宕。 泪淹祖庙声回荡,琴诉西厢凤凰怅。一世耕耘兰桂阆。歌行清澈,袖飞倜傥,谢幕终难忘。

青玉案

呈蒋哲伦教授

师尊指引花间路,踏秋叶、追春絮。咀嚼经书纷乱续,程门莹雪,谆言惊鼓,润泽诗中语。　曾经解惑蒙施予,牵挂慈颜鬓丝舞。及到红丹分紫雾。晴明之日,繁英皆妩,去看蔷薇圃。

端午思绪

楚湘烟雨平波浪,总难把、离骚忘。角黍飘香舟楫荡,水流天际,歌吟原上,泣向诗魂唱。　龙船竞鼓擂声壮,划破清涟问兰桨。忍听沉珂声跌宕。美人香草,雪袍泱漭,祭日空惆怅。

梅子黄时雨

淋漓檐下花梢露,尽湿透、青砖路。雾叶黄莺梳翠羽,榴红初夏,春留几许,栀子噙香处。　樱桃潋滟芭蕉栩,思纛凌霄约无句。篆字炉烟云散聚。浓阴窗外,纷纷丝缕,梅子黄时雨。

北地王哭祖庙

王旗泻落城关下,谒宗庙、悲声下。泪雨缤纷殷血帕,哭吾先祖,三分争霸,三顾茅庐舍。 恨无霜剑追平野,痛失江山万年社。雪刃青锋魂已化。冷辉云月,谁家台榭,寂寂凄凉夜。

注:刘谌,三国时期蜀汉宗室,蜀汉昭烈帝刘备之孙,后主刘禅第五子,封北地王。大军兵临成都城下时,刘谌固请出战,但被刘禅拒绝。当听闻刘禅举国投降邓艾之时,刘谌尽杀家人,后赴昭烈庙自杀。

青花梅瓶

梅瓶窈窕妆蓝紫,正仿佛、旗袍试。素女亭亭拈嫩芰,几分优雅,几分情致,几使春山翠。 仙魂已醉烟云起,薄釉瓷胎雪泥细。妙笔偏教图案异。千年呼唤,青花犹记,梦里唐窑事。

青玉案

每年今日

那年携手西湖路,满觉陇、花如雨。记得熏风摇桂树,镜中花月,流云飞渡,眉黛依然素。　匆匆暮色清霜附,岁岁蹉跎雁秋去。斗草时光烟散聚。至今犹恋,苇花飘絮,作画题诗句。

注:自与夫君结鸾以来,风风雨雨,相濡以沫。每年今日,思绪万千。那年蜜月杭城,犹记满觉陇,桂树氤氲,桂花坠落一头一身,不闻其香,唯觉奇美。蹉跎岁月,韶华已去,痴心未改。直至今日,汝画侬诗,不亦乐乎!

秋 声

轻风鹭影浮云浅,看藕梗、横塘满。目送梧桐飘叶远,蒿蓬吹老,流年光转,盼到花香漫。　温茶润菊青瓷盏,分玉噙珠石榴半。绣案西窗霞向晚。秋声侵耳,入溟箫管,怕听千红断。

自语集

观河北梆子《勘玉钏》

梨园奇宕悲欢叙,正展幕、疑云布。喻世明言鸳结误,碧纯明钏,淑娴青女。何起萧墙故? 优伶演绎莲花步,水袖飞时诉心苦。恸曲幽情姿态妩。乐池弦鼓,调生楚楚,荀韵天音翥。

粉蝶儿

昨日春桃

昨日春桃扑窗暖红豆蔻,踏青青、采花时候。问双双、觅粉蝶、舞衣香透?梦离离、回眸柳枝清秀。 而今霜叶经雨面若纱绉。每翻翻、雁书黄旧,去看看、塘月夜、悴莲生藕,侧听听、何处凤凰琴奏。

  注:此阕入选中国青年出版社 2017 年出版的《2018 诗词日历》。

自语集

祝英台近

梁祝蝶缘

女儿忙,娥黛洗,书卷送春渡。三载同窗,秉烛夜倾语。奈何十八归尘,长亭离绪,只相嘱、早连红絮。 鬓边觑,笑问穿耳留痕,步莲翠环女?玉坠传媒,迎轿盼朝暮。赤绳错系鸳楼,良缘何处?化蝴蝶、漫天花雨。

注:此阕入选《上海当代女子诗词选》。

洞仙歌

听古琴曲《仙翁操》

蕉庭桂木,自帘风回转。掀动幽兰叶纷乱。点沉香、薰透纱袖云衫,琴上指、争若莲花几瓣。　何来西苑曲,吹起银髯,飘拂罗衣白如练。绿野觅琅嬛,犁杖行踪,松林里、斜阳洒满。但携手飞霞晚时归,看泻谷山泉,野英铺璨。

惜红衣

残 荷

入夜吹凉,云纱月璧,水晶天色。颤翅蜻蜓,清塘绕沉寂。稍柔暑气,谁更晓、西风消息。如笛,高调唳蝉,说凄惶秋荻。　　芙蓉水国,零落红衣,难消雨侵袭。缘何节令又逼,看狼藉。满是夏阳骄傲,误了卿卿谁惜。怎奈他诗赋,书尽藕茎寒僻。

电影《芳华》观后联想

闭了银屏,惆然素帕,眼帘蒙湿。记忆云翻,浮烟又如昔。无邪岁月,青鬌浅、芳华生奕。寻觅,书页匿香,醉纷飞芦荻。　　衰红雨季,遍地飘零,黉堂最狼藉。消融半世郁积。且收拾,一卷咏花诗草,任我漫吹箫笛。待晚窗斜照,如是染霜浓色。

满江红

谁在葬花

一曲银箫,春无奈、花飞花泊。惊柳絮、蕙窗听雨,竹风帘薄。长夜诗心衾未暖,醒时梦里朱痕落。荷锄寻、娇喘沁芳桥,裙如削。　　堆香冢,收玉魄。桃李祭,身如掠。杜鹃声亦苦,泪垂红萼。质本洁来何向淖,一抔净土从头约。温柔乡、因此掩风流,争如昨。

自语集

醉蓬莱

张家界天门山玻璃栈道

恰林风骤下,卷叶翻涛,缆车云渺。峭岭烟岚,过红枫枝老。柱耸青峰,雁形猿抱,正倚松长啸。足底琉璃,蜿蜒伏壁,峻崖光照。　大好山河,楚湘图卷,醉尔神魂,半醺吟调。行若蜗牛,更肉惊心跳。策杖扶肩,战悚回首,看落花飞草。壑海苍茫,人间工匠,筑空天道。

暗香

怜 菊

冷香沁骨，醉锦丛篱竹，秋芳如织。点点露光，一径西风泪痕湿。蓬起霜枝若昔。曾记取、追云听笛。直教那、玉瓣欣欣，黄蕊浣青碧。　　休拭，看绣屐。几许坠叶花，陡失清逸。遍寻韵迹，饶有幽魂润如璧。何奈寒音急急，浑又是、商飚相逼。怎舍得、将委婉，薄情弃掷。

自语集

念奴娇

读东坡词《赤壁怀古》

煮青梅酒,抒襟怀、正念英雄人物。学士辞章,挥洒就、惊世浪巅堆雪。大笔临笺,周郎纶羽,历历成殊绝。英姿如跃,奈何铜雀台说。　遥想天下三分,啸尘坠落处,殷红旌钺。昔日王鞭,都已付、夕照荒垣藜蕨。故国如烟,教风流掷字,寄情江月。堪嗟才俊,铿然今古鸣叶。

琼花思绪

晚风意暖,看絮浓柳醉,舞芳飞萃。半翕绿屏寒玉桂,皎兔团团如睡。碧盖初成,软枝浅醒,蛱蝶纷纷缀。素堆圆雪,月娥分剪云碎。　金阙琼幄重重,红尘不到,春信穿帘细。皇帝闲来思远树,千里行舸奢靡。箫管云帆,锦幡紫绛,花看江南贵。径离宫殿,罪东君弄娇媚。

平仄韵转换格

调笑令

三 月

三月,三月,陌野花铺翠叠。风掀灿烂金波,翩翩玉蝶舞歌。歌舞,歌舞,已醉春江绿浦。

荷 叶

荷叶,荷叶,乱洒青盘翠碟。晶珠乍跳玲珑,拥莲入睡意浓。浓意,浓意,吟唱凉风碧水。

休 笑

休笑,休笑,正为衰年苦恼。秋风落叶敲窗,长因小事恐惶。惶恐,惶恐,怕是脑仁用空。

自语集

菩萨蛮

参观民防普及教育馆

巍峨广厦曾相识,天灾地祸从头悉。山水失娇柔,霎时冥色愁。 思防因法立,不惧魑魔袭。为筑梦桃源,绸缪知雨先。

庆端阳

槐花五月纤云织,娇莺婉曲穹天碧。采芷庆端阳,眉间新点黄。 香囊缝细褶,红绿丝绦结。此物总关情,入怀兰麝馨。

大 暑

依然摇曳凌霄傲,犹迎赤日盈盈笑。蝉借醉颜酡,乱哼通俗歌。 等车涔汗急,篷下遮阳立。盼雨燕回头,乌云移密稠。

菩萨蛮

绣球花

蓁蓁碧叶疏篱错,万千粉蝶围香萼。绣帛缀冰轮,素贞如雪纯。　彩楼曾旖旎,雁过寒窑唳。鸯结若霓虹,一抛离梦中。

香榧林

林峦蕴秀千年碧,噙香异果琼瑶粒。古木动山风,采榧惊去鸿。　越乡思越女,落叶如行雨。寄远一枚芬,日曛霞满村。

初　夏

浅红淡绿饶生趣,绣球妩媚枝无序。风起水波纹,浮萍鱼啄痕。　苑林初夏静,掠燕叠双影。微汗润罗裳,摇花纱扇凉。

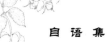

自语集

清平乐

读《闲云集》

激扬文字,励志明芳萃。笔蕴春江云共水,落纸风光旖旎。 沪上结社星稠,飘蓬一地名流。难得青衫未褪,清风明月同酬。

春 风

枝头红颤,弱柳柔条乱。乍暖春风人困倦,梦里树摇璀璨。 樱花何日妖娆,海棠可换新袍?谁教垂丝千万,偏偏惹了心潮。

虞美人

听邸瑞平教授讲《红楼梦》

红楼遗梦何时了,故事知多少?撷英赏析沐春风,如醉如痴倾倒大观中。　童心皓发良师在,气度今无改。满堂丰采解千愁,自是泠泠天籁水云流。

　　注:步南唐后主李煜《虞美人·春花秋月何时了》原韵。邸瑞平教授,华东师大红学专家。授课语态生动,出神入化;解析红楼,独树一家。良师难得也。

读朱淑真

双娥频锁何时了,红叶西风扫。菊霜帘卷玉阶秋,寂寞窗前残月总难留。　藕花醉柳撩香路,携手娇嗔诉。鹊巢鸠啄恶相侵,何奈归来杜宇断肠吟。

一腔凄婉何时了,离梦方知晓。雪笺紫墨落浓愁,恰是潇潇飞雨满琼楼。　黄昏自语多情女,泪洒幽栖处。怨词清曲恸芸芸,怕是万千忧思付埃尘。

同贺《枫林诗话》出版

杜鹃遍野书春夏,未歇英雄马。忠情不了待如何,双鬓雪时犹唱濯缨歌。　诗潮汹涌当研墨,挥洒繁花国。晓霜清露对霞枫,海上东升应醉满江红。

疏疏春雨

疏疏春雨何时了,情绪知多少?隔窗丝动凤凰衷,梦入江南烟去画桥东。　缠绵诗话今犹在,眷念应无改。翻书种草忘些忧,听尔落花游絮任飘流。

莫须愁

谁知碧落争如此,荡尽飞花势。缤纷行道数秋痕,尽是梧桐银杏叶儿陈。　日昏萃草霜篱下,玉骨残成画。倦枝几许莫须愁,犹有梅香诗酒雪笺留。

虞美人

落 叶

谁言碧树飞黄老,落叶休烦恼。缤纷似雪舞秋风,正约霜枝篱菊数归鸿。　夕阳留影金霞灿,香径长依眷。梦回三月发春萌,青绿枝头簪绾惹莺声。

蒲公英

霜花露草随缘了,憔悴知多少?流年已惯看千红,只叹斜阳残照太匆匆!　雪茸羽箭蓬松就,已教青衣瘦。拂弦鸣曲动离肠,风送梦游公子赴仙乡。

听评弹开篇

兰花结钮春棠领,襟际欹枝杏。琵琶珠走玉盘留,正诉青楼红瘦十娘愁。　人无千日惺惺好,可恨成秋草。铮铮切切溅银瓶,吹柳风声回浪荡江亭。

虞兮虞兮

兵戎楚汉尘埃定,四面哀魂应。泪痕已满霸王杯,伤断乌江鸣骑梦难回。 剑飞穗舞虞姬袖,愁雨春山骤。一泓丹血荐情天,染尽万千红紫起芳烟。

溲疏

青草坡遇蘋风过,满树含娇朵。悠扬曲调颂梨花,谁见眼前清绝碧枝丫。 淋漓夜雨芹泥透,如饮醇香酒。看卿摇雪梦中姿,直教万千红艳堕芳菲。

注:溲疏,白色小花灌木。

白鹃梅

落樱谢雨芹泥卧,游履香尘裹。桃红争色柳枝缠,惯看晴光旖旎幻人间。 苑林有树清颐瘦,隅角长相守。绣葩摇曳白鹃梅,梦里伊人如蝶踏云回。

平仄韵通叶格

西江月

元 春

问雪寒梅知未?清幽独赶新潮。江南水暖动春箫,唤醒千株姣好。　羝角满躬辞旧,猴头试理黄髦。捧桃跨鹿唱童谣,先得元春红兆。

迎 春

昨梦柳芽初绽,朱联描画新年。铜炉石米试香檀,一线云烟如篆。　掸去案头陈旧,梅瓶丝结红缠。菱花镜里照苍颜,换了桃花人面。

探 春

二月春阳初炫,温柔抚面撒娇。消融冰冻展妖娆,梅信一时萌了。　芽柳悄声窥探,玉兰伸个蛮腰。交头青鸟正良宵,谁管花开多少。

惜 春

满目繁英风卷,已然魄散魂消。游丝漫絮和春韶,谁见玉兰情娇。　香雪曾经淹海,踏青留影掀潮。斜桥细雨忆红娇,湿了青花衣袄。

大花蕙兰

且捧烟霞颜色,也拥优雅甜馨。青澜叶展漫珠璎,夺了梅花风景。　窗外团团霾起,厅前娑娑娉婷。闻香听煮紫茶蒸,满了一盅清净。

樱 花

风起万方襟袖,目移一树琼瑶。霓裳仙羽自灵霄,醉倒诗家多少。　迷梦箫随云笛,细吟月上春梢。怕听花雨哭夭夭,谁送香魂去了?

悼顾汉松教授

谁道青山松老,声如涛涌长存。谈今论古授情真,洒洒潇潇雨润。　解赋平添新趣,说文骤唤三春。乘云追月觅诗魂,生字还须请问。

平仄韵错叶格

相见欢

读《枫林绝句集》

秋林胜过春红,醉枫浓。喜看满堂霜发笔耕翁。

诗雅韵,词英俊,赋歌雄。谁说夕阳西照态龙钟?

闺友文英邀约府宴

瑞云晴日天穹,映桃红。一路柳芽新绽绿侵瞳。

青鬓改,童心在,乐重逢。记起那时玉树也临风。

静幽郊墅如宫,苑葱茏。洒落玉兰花瓣草坪中。

满席瑾,腌鲜笋,溢情盅。朱户人家贤雅气和融。

自语集

定风波

拿破仑特展

蓝间红条风曳旌,马追英气雨惊声。华丽展厅长啸在,多彩。功勋明烛铁枝擎。 短剑长戈曾浪漫,嗟叹。木框油画至今萌。济济人头相看处,争去。且留身影步娉婷。

德天大瀑布

似断珠帘急雨声,蛟翻南海滚雷霆。魂断桥边凫浴貌,休笑。红裳湿透现娉婷。 远岫浮烟仙鹤秀,稍候。听泉炫瀑响千寻。一管多情云墨笔,飘逸。毫端尽处水龙吟。

后 记

　　梦想已久的一件事,总算有了一个结果。《自语集》让我开心。

　　《自语集》是一本词集,以"自语"来命名此集,正表明我的心迹。开辟一方自留诗田,容我自言自语一番。

　　《自语集》中的作品依据龙榆生先生《唐宋词格律》所示词牌及格律创作。

　　《自语集》是九八年起至今,我习词以来的一次作品总动员。从我第一本词集《秉蕳集》面世以来,由于对古诗词的挚爱,我更加乐此不疲,笔耕不辍。又是十年过去了,其间我出了三本词集:《二十四节令词》《听花词》《浣纱词》。晚年岁月里,我的学习兴趣始终未减,一发不可收地写诗作词成了家事外的唯一爱好追求。总想有一本心仪的作品集留给家人,也希望以此做个汇报，感谢家人对我的支持。此外，还要感谢一路走来，众家诗坛前辈、吟坛挚友对我的栽培和提点。

很荣幸，胡晓军先生为我写了序。晓军先生，上海诗词学会会长，一位资深戏剧评论家，对诗词理论有很高的造诣和深入的研究。我拜读过晓军先生的《有戏人生》，不得不为晓军先生的才学所折服。由此我也认识到如何去理解诗词作品，如何对作品作出美的诠释。感谢晓军先生！

真的非常感恩家人一如既往的支持。我先生迪平是20世纪60年代毕业于上海美专的画家。我喜欢他画的来自生活、源于自然的水彩画、油画。为了我俩共同的艺术兴趣和情致，我便常常作些题画的诗词。值得骄傲的是，我唯一的儿子，孝顺顾家，事业有成，是一名服务于三甲医院的医学专家。可能是基因遗传吧，难得儿子也钟情于古典诗词，业余也写了不少作品。目前他已加入上海诗词学会，愿他在继承和发扬传统文化的领域中得到新的济世领悟，人生旅途越来越精彩。

《自语集》让我开心。自语，声音很轻，也许动听。

2021年春